「こんな可愛いことをされたら止まらないぞ」

人差し指と中指の間に胸の蕾が挟まれた。

レナルドの指がキュッと頂を刺激する。

摘まれたわけではないのに、
その絶妙な力加減がアリアの感度を高めた。

過保護な騎士団長は初恋令嬢を愛でて愛でて愛でまくりたい

月城うさぎ

Vanilla文庫

過保護な騎士団長は初恋令嬢を愛でて愛でて愛でまくりたい

Contents

イラスト／氷堂れん

プロローグ

近頃アークライト王国の王妃は占いに熱中しているらしい――。

そんな話題を聞いても、近衛を率いる騎士団長、レナルド・サイラス・レイヴンズクロフトは気にも留めなかった。なにせ王妃の趣味は多岐にわたる。

個人の趣味にとやかく口を挟むつもりはないし、コロコロ変わることに関しては好奇心旺盛な人だという印象しか持っていない。仕事が趣味のようになっているレナルドよりは健全だろう。

だが、その趣味に自分が巻き込まれるのであれば話は別である。

「……何故《なぜ》、私を占いたいなどと仰《おっしゃ》るのですか？　王妃様」

「あら～当然でしょう？　私の大事な甥《おい》っ子《こ》が、二十八にもなって初恋も未経験！　婚約者どころか恋の気配がまったく見当たらないんですから！」

「恋などしなくても生きていけます」

「恋を知らないまま生きるなんて死んでいるも同然よ！」

それはいささか乱暴な持論ではないかと思うが、レナルドは口を閉ざした。余計なことを言うより、好きにさせた方が早く終わらせられる。

「このままでは寂しい老後を送る羽目になるわよ」

王妃は本気で甥を心配しているが、見合いは彼女の趣味ではないらしい。

「結婚相手は自分で見つけるものでしょう。運命的な恋を味わってこそ本当の愛を知るのよ」ということらしいが、仕事人間のレナルドにはそんな相手を見つける時間すらない。

いろいろと余計なお世話だが、面と向かって拒絶はできない。王妃はレナルドの父の妹で、早くに母を亡くした一人っ子のレナルドをよく気にかけてくれた。

そのような人に強く出られてしまうと、彼女の占いごっこに付き合う以外の選択肢は存在しない。

「それで、今はどんな占いにハマっているのですか。確か以前は林檎《りんご》の皮むき占いに付き合いましたが」

林檎の皮を細く長く剝《む》き、ちぎれた皮を肩越しに投げ捨てるというものだ。

投げられた皮は未来の恋人のイニシャルの形を表すと言われていたが、レナルドが剝いた皮は綺麗《きれい》にらせん状に落ちていた。

王妃は『完璧すぎるのも困り物だわ！』とプンプン怒っていた。

その次は紅茶占いだ。カップの底に残った茶葉の形からなにか感じるものがないかと問われるも、レナルドには象形文字にも見えなかった。

一旦はやめた趣味だが、どうやらまた再燃したようだ。さすがに林檎と紅茶の占いは懲りただろう。

「まずは座りなさいな。あなたの好きな紅茶も用意していてよ？」

「ありがとうございます」

今はただの甥として、言われた通りに着席した。王妃のサロンには限られた人物しかいない。

「林檎も紅茶も水晶もいまいちだったけれど、どうやら私はカードと相性がいいみたいなの。それに結構評判がいいのよ。ねえ、サマンサ？」

「はい、王妃様の占いはよく当たりますわ」

王妃付きの侍女が頷《うなず》いた。すでに占ってもらった実績があるようだ。

——まあいい。叔母上が満足するなら付き合おう。

占いなんて気の持ちようで変わるものだ。当たるも当たらないも本人次第。

王妃は香り豊かな紅茶を半分ほど堪能すると、手持ちのカードを慣れた手つきで切りはじめた。そしてなにかを唱えながらテーブルにカードを並べだす。

「それで、今回も私の伴侶《はんりょ》についてでしょうか」

「もちろんそうよ。あなたの未来の花嫁について。どこで出会えるのか、占いにでも縋《すが》らないと、あなた外に出ないじゃない。王宮内では私のところに来るか執務室にいるか。そんなんじゃ伴侶になんて一生巡り合わないわよ」

あくまでも運命の相手とは自然に出会うべきだそうだ。なんとも難しいことを言う。

——まあ、もし恋人を作れと命じられれば、適当に女性を口説いていただろうが。

とはいえ、王妃が言っていたようにレナルドは初恋も未経験。女性を口説くのも九割は顔と身体で押す方法しかわからない。ついでに甘い台詞《せりふ》をいくつか囁《ささや》けば女性は頷くはずだ。なにせレナルドは顔がいい。

レイヴンズクロフト公爵家は代々騎士の家系だ。レナルドは公爵家の嫡男で、容姿端麗で文武両道。幼い頃から剣の鍛錬を欠かさず、二十五歳という若さで近衛の騎士団長に就任した。

彼は今年で二十八になった。超がつくほどの優良物件にもかかわらず、これまで浮いた話はひとつもない。

今まで恋愛に興味もなければ、なにかを愛《いと》しいと感じたこともない。女性に欲情したこともない鋼《はがね》の理性の持ち主だ。

彼と近しい人たちからは、どこかおかしいのでは？　と心配される始末。恋愛対象が同性なのでは？　という噂には全力で否定したが、まだ信じていない層はちらほらいる。

「私に娘がいたらあなたと結婚させたかったけれど、あいにく息子しかいないものねぇ」

「見合いや政略結婚は反対派ではなかったのですか」

「許婚《いいなずけ》っていうのは嫌いじゃないのよ。それに実際結婚するかどうかは大人になった当人同士が決めること」

とはいえ、王妃には息子がふたりいるのみ。王太子はレナルドより五歳下だが、すでに婚約している。

とっくに結婚適齢期に入っているにもかかわらず独り身の甥の方が心配らしい。

――そう言われても、恋愛など私には不要なものだ。

せめて愛《め》でるという感情がわかればいいのだが、それが一体どういうものなのかがわからない。今までなにかを「可愛《かわい》い」と思えたこともあっただろうか。

恐らく幼少期に愛情というものを受けずに育ったのも影響しているのだろう。レナルドは早くに母を亡くし、父との交流も限られた時間だけ。親子関係は上官と部下のようである。

「わかったわ！」

ぼんやりしている間に王妃の占いは終わっていたようだ。

なにやらいくつも不思議な絵が描かれたカードがひっくり返っている。

「いいこと、レナルド。よく聞きなさい。まず相手と出会う時間帯は夕方よ。そして場所は橋って出ているから、橋の上？　いえ、下かしら」

「どちらですか」

「そうね……多分橋の下だわ！　橋の上じゃ人通りが多くてわからないものね」

そんな理由で占い結果を変えていいのだろうか。

だが王妃は「きっとそうよ！」と盛り上がっている。

「夕暮れ時の橋の下にいなさい。そしたら天使は空から降ってくるわ！」

天使とは？　未来の伴侶の話ではなかったのか。

――天から落ちた天使は堕天使では？

もしかして天使の皮を被った悪魔を薦めているのだろうか。

いや、占いは曖昧な言い方をするものだ。直接的な助言ではないのかもしれない。

「いいこと、レナルド。これは王妃命令よ。今日から毎日、未来の花嫁に出会うまで夕暮れ時は橋の下で待機してなさい」

王妃はカードの一枚をレナルドに突き付けた。彼女が言う通り、橋が描かれている。

「今日からですか？」

あと二時間ほどで日が暮れる。

急な予定変更は厳しいのだが、王妃命令なら従うしかない。

「善は急げって言うでしょう。もしも今日天使ちゃんが現れていたら、あなたその幸運を摑《つか》み損ねる羽目になるのよ？」

そのときはまた王妃が仕切り直しをして占いをすると言いだしそうだ。大人しく従っておいた方が得策である。

「承知しました、叔母上」

「まずは王都中の橋を探さないと。とりあえず一週間頑張りなさい。ちゃーんと私に報告するのよ！」

もしもレナルドと結び付けたい娘がいた場合、王妃の手によって勝手に運命を作られてしまうのでは……という考えもよぎったが、それならそれで構わない。

――私が女性に心を奪われることなどありえないのだから。

たとえ占い通りに出会ったとしても、鋼の心が動くことはないだろう。心臓が高鳴り騒がしくなるような現象など一度もないのだから。

それからレナルドは王妃の命令通り、毎日夕暮れ時に王宮から姿を消すようになった。現れるかもわからない運命の相手とやらと出会うために。

第一章

アークライト王国の王都、エクランドは季節問わず活気に溢《あふ》れている。ここは他国から商人が多く集まる貿易都市でもあり、歴史情緒のある重要文化財が数多く残る場所でもある。

古い伝統を守りつつ新しいものを受け入れるエクランドは、人も物も集まる地として人気が高く、有名な観光地にもなっていた。

中心地にある噴水は待ち合わせ場所となっており、そこから放射状に区画整理がされている。時計の針の方向と同じく一から十二まで均等に道が作られており、道ごとに特色が現れている。

十二時の方向は王侯貴族の御用達《ごようたし》店が数多く店を構え、その先を真っすぐ進むと王宮へ辿《たど》り着《つ》く。

三時の方向は市場が開かれ、新鮮な鮮魚や野菜が豊富だ。

五時の方向は外国からの商人が集まる輸入市場だ。異国のハーブや茶、スパイスなど、多種多様なものが売られている。当然ながら輸入品は国の承認が必要で、違法なものを売れば即牢屋《ろうや》行きだ。

　六時の方向は下町感溢れる商店街へ続いている。香ばしい匂いが漂うパン屋、酒屋、揚げ物の専門店など、市井に住む者たちの台所になっている。総菜も多く売られており、買い食いができる場所としても人気だ。

「揚げ芋ひとつください」

「はいよ！　まいどあり」

　揚げたての芋を購入したアリア・キャロライン・アッシュフィールドはひとりで六番通りの下町を歩いていた。

　有名店の揚げ芋はいつも列ができるほど人気だ。味付けのスパイスが癖になる。小腹が減ったアリアも芋の匂いに惹《ひ》かれるように購入し、のんびり食べ歩きをしていた。

「やっぱり揚げ立てはおいしい！　いつ来ても商店街の空気はいいな～。どこからでもおいしそうな香りが漂ってくるもの」

　食べ歩きを楽しむ姿は市井に住む少女にしか見えないが、アリアは伯爵家の令嬢だ。今はブラウスとくるぶし丈の簡素なスカートを穿《は》いて、亜麻色の髪をハーフアップにまとめている。紅茶色の目に映るものは物珍しいというより、懐かしい方が強い。

　――やっぱりたまにはひとりになれる時間も必要よね。

アリアはアッシュフィールド伯爵家の娘だが、十歳までは母とふたりで王都エクランドの下町……ちょうど今歩いている周辺の六番通りに住んでいた。

アリアの母は伯爵と恋人関係だったが、妊娠が発覚したと同時に別れを切り出し、ひとりでアリアを生み育てたのだ。

一昔前と違い、貴族同士も恋愛結婚が主流になっている。王族や高位貴族でもない限り身分の違いから別れを選ぶことは少なくなってきているが、それでもなんの後ろ盾もない一市民と貴族との婚姻は障害が多い。

母親が流行《はや》り病で亡くなるまで、アリアはパン屋の二階に住まわせてもらっていた。パン屋の店主一家とは家族ぐるみで仲良くさせてもらい、母親が亡くなった後もしばらく世話になっていた。

だが葬儀からひと月も経《た》たないうちに、アリアのことを捜し当てたアッシュフィールドの当主がアリアを伯爵家に迎え入れたのだ。

自分を取り巻く環境が目まぐるしく変わり、気づけば伯爵家の娘という立場になっていた。母親違いの弟がいるが、全寮制の男子校に通っているためほとんど関わりはない。

今では時折自由時間を貰《もら》う口実としてお遣いを引き受けて、ひとり歩きを楽しんでいる。急ぎの郵便物を出しに行くなどアリアがする必要のない仕事だが、皆わかっていてもアリアに自由を与えてくれていた。

「おじさんたち、元気そうでよかったな」

用事を終えた後の帰り道に、長年世話になっていたパン屋にも寄った。アリアが持っているバスケットの中には食べきれないほどのパンが入っている。全部パン屋の店主がくれたものだ。

懐かしい匂いがたっぷり詰まったバスケットを大事に抱え直す。これは伯爵家の使用人たちと分けよう。

慣れ親しんだ六番通りをあちこち歩いて、子供の頃から見知った人たちと挨拶をして自由時間を満喫していたら、いつの間にか日が傾いてきた。

「あれ、もうそんな時間？　お屋敷に帰らないと」

王都にある伯爵家のタウンハウスまでは徒歩で三十分ほど。ほとんどの貴族のタウンハウスは王宮がある方角の住宅街に集まっている。

その方角、十二番通りへ急ごうとしたとき。アリアの目の前を一羽のカラスが横切った。

「きゃあ！」

——びっくりした！

だがその驚きは一度きりではなかった。

目の前を飛び去ったカラスは急旋回し、アリアの後頭部を狙った。

咄嗟《とっさ》にその場にしゃがみ込むと、カラスに髪の毛を強く引っ張られた。

「痛ッ！」

ブチッとした音とともになにかが石畳に落ちた。それはアリアの母の形見でもある髪飾りだった。

「あ！　髪飾りが……って、嘘《うそ》！」

アリアが拾うよりも早くカラスがくちばしで髪飾りを咥《くわ》えた。

そのままアリアの前を飛び去っていく。

「え？　ちょ、ちょっと待って！　返して！」

急いでカラスを追いかける。頭の中は混乱だらけだ。

――光物が好きって話は聞いたことがあったけれど、まさかカラスが人を襲ってまで奪うなんて知らなかった！

なんて強欲なカラスなのだ。

あの髪飾りはアリアの母が父と恋人同士だった頃に贈られた思い出の品だ。決して華美ではなく、だが控えめにサファイアとダイヤモンドが嵌《は》められており、母親のお気に入りのものだった。

「それはダメなの！　お願い、返して……！」

街中を飛んでいくカラスを必死に追いかける。

いっそのこと空高く飛んでしまったら追いつけないのに、絶妙に低空飛行をするカラスが憎たらしい。

——石を投げて驚かせたら……ってダメ、傷つけちゃう。

それに周りの人に当たったら大変だ。怪我《けが》をさせたら大ごとになる。

「泥棒カラス～！　待って～！」

バスケットのパンが地味に重い。

無我夢中で走り続けていたら、普段は通らない道にまで入り込んでしまった。気づけば見覚えのない場所に迷い込んでいた。

「ここはどこだろう……」

「カァ」

根負けしたのか、カラスがポイッとアリアの髪飾りを地面に落とした。ふてぶてしさを感じてイラッとするが、アリアはすぐに拾い上げる。

埃《ほこり》と汚れを落とすが幸い目立った傷はなく、どこかが欠けた様子もない。

「よかった……取り返せて」

そう言いつつも、この状況はよろしくはない。

薄暗さのある路地に年頃の娘がひとりで彷徨《さまよ》い歩《ある》いていたらどんな事件に巻き込まれるやら。定期的に騎士が王都を徘徊《はいかい》しているとはいえ、なにも起こらないわけではないのだ。

——どうしよう。もしかしてここ、十番通りだったりして……？

王都も治安がいい場所ばかりではない。昔から、八番から十番までの通りは犯罪が起きやすく、チンピラのたまり場も多い。

窃盗や暴行事件だけでなく、盗難品の売買や違法な輸入品の受け渡しなどが横行しているという噂《うわさ》があった。

年頃の娘が歩いていたら犯罪集団に捕まってどんな目に遭わされるか……と脅されたことは数知れず。決して近づいてはいけないと言われていたのに、カラスのせいでうっかり入り込んでしまったようだ。

——早くここから出よう！

異様な空気を感じて、アリアはすぐにこの場から去ろうとする。よく見ると道端にはゴミが転がり、ボロ雑巾のような布切れが落ちていた。履《は》き潰《つぶ》した靴が片方だけ落ちているのが妙に怖い。

——確かこっちから来たはず……！

自分の記憶力を頼りに元来た道を戻ろうとする。だが先ほどはカラスを追いかけていただけなので、周囲を注意深く見ていなかった。

誰かと遭遇しないことを願いながら小走りしていると、その道は行き止まりになっていた。仕方なく元の道へ戻り、別の抜け道を探す。

——なんかこの辺、変な臭いが混じっていて嫌だな……空気がよどんでるみたい。

埃やカビの臭いではない。煙草《たばこ》と独特な草と生ごみのような不快な臭いが漂ってくる。なにを煮詰めたらこんな臭いになるのか見当もつかない。

「う……気持ち悪い」

鼻を手で覆いながら臭いのしない方向へ走る。

その途中、目深にフードを被った怪しげな男たちに遭遇した。

——……なにかを手渡しているような？

チラリと横目で捉えただけできちんと目撃したわけではない。すぐに関わらない方がいいと判断する。

そのまま素通りしようとしたが、アリアに気づいた男たちが後をつけてきた。

——え？　まさか追いかけられてる⁉

何故か後をつけられているようだ。

角を曲がったところで、アリアは全速力で走りだした。

「おい、逃げたぞ！」と言う声が聞こえてくるが、そんなものは関係ない。

大の男が三人も追ってくる理由がわからず、バスケットを抱えたまま全速力で走りだした。

——大通りを真っすぐ行けば噴水の広場に当たるはず！

すべての大通りは王都の中心部にある噴水に繋《つな》がっている。放射状に広がった先には細い路地なども多数存在するが、大通りに出てしまえば比較的安全だ。

だがアリアは今どこを走っているかがわからない。

どこかへ身を隠したいが、隠せそうな場所もない。

「見られた、クソ！」という罵倒が聞こえてきた。

——私、なにも見てません！

ちょっと、チラッと、小瓶のようなものを受け渡しているとは思ったが。それがなにかはわからないし興味もない。

だがいくらそう冷静に告げたとしても、頭に血が上った男たちとまともに話し合いができるとは思えない。

——か弱い女の子を追いかけるのがここの普通なの⁉

もしも捕まったら暴行されるのではないか。それにアリアが伯爵家の令嬢だと知られたら、アッシュフィールド家が脅迫されるかもしれない。

——家に迷惑をかけるのは絶対嫌……！

伯爵家に引き取られてから八年が経過しても、アリアはうまく家族に馴染《なじ》めていない。

差別を受けているわけでも蔑《ないがし》ろにされているわけでもないが、そこはかとない壁があるのだ。

伯爵夫妻はアリアと適度に距離を保ったまま接しているが、私的な会話はあまりない。

異母弟とはほとんど顔を合わせておらず、長期休暇で帰省していてもなにを話していいかわからず、気まずい時間が流れる。

家族とはいえ他人行儀というのが肌で伝わってきて、屋敷にいると少し息苦しい。母とパン屋の二階で過ごしていた頃とはまるで違った。

それでもなにも不足がないように育ててくれた恩がある。社交界デビューだってさせてくれた。伯爵夫妻がアリアを娘として扱ってくれることには感謝している。

だからこそ、うっかり傷物にでもされたら彼らに顔向けはできないだろう。

「クソ、すばしっこい！」

何度も角を曲がって男たちをまこうとする。アリアは子供の頃から逃げ足は速いのだ。

——あ！　橋がある！

石造りの橋はさほど高くはない。昔は川が通っていたようだが、今は埋め立てられているようだ。

下は石畳ではない。土の上ならうまく衝撃を逃《のが》せるだろう。

「どっちに行った⁉」

「……ッ！」

男たちの声が近づいてきた。迷っている暇はない。

アリアはバスケットをギュッと抱きかかえて橋から飛び降り……、

「えっ⁉」

真下にいた男に抱き留められた。

「――ッ！」

――なんでここに人が⁉

予想外の衝撃が身体を襲った。痛みはないが、心臓がバクバクしている。

抱えていたバスケットは地面に落ちたが、幸いパンは無事だ。

「大丈夫か？」

「は、はひ……」

心臓が痛いほど速く鼓動している。舌がうまく回らない。

「おい、いたか⁉」

橋の上を通り過ぎる男たちの声を聞いて、思わず知らない男にギュッと縋りついた。身体が震えるのは安心感からか、恐怖心からか。

男はアリアを抱えたまま橋の真下に移動し「静かに」と囁いた。

耳元で囁かれた声が妙に色っぽくってドキドキする。

――な、なにが起きてるの……⁉

予想外の出来事が多すぎて頭がついて行かない。

硬直状態のアリアの元に、男の部下と思《おぼ》しき少年が近づいてきた。アリアより少し年下

だろう。落ちていたバスケットを拾い上げている。

「団長、その方は？」

「落ちてきた」

アリアと少年の視線が交差する。戸惑っているのはお互い様だろう。

――あれ？　よく見たらふたりとも白い制服を着ている？

この国で白い制服と言えば、真っ先に思い浮かぶのは近衛の第一騎士団だ。主に王宮内を警護しており、騎士団の中でも家柄が良くて精鋭揃《ぞろ》い。王族の護衛をすることも多いとか。

一般的に王都を巡回し、いざこざを解決するのは青い制服を着た第二騎士団だ。アリアや王都に住む平民に一番馴染みが深い。貴族出身の者もいるが、平民が多く在籍しており実力主義者ばかりだ。

王都以外の地方に配属される第三騎士団以下は皆黒い制服を着用しており、一番団員数が多い。だが王都から離れているため、アリアは遭遇したことがない。

白い制服を纏《まと》えるのは限られたエリートのみ。王宮に出入りすることのないアリアには一番縁遠い人たちだ。

――気のせいじゃなければ、さっき団長って呼ばれていたような……。

高位貴族が多く在籍する近衛の騎士団長と言えば、王族とも縁戚関係にあったはずだ。

先ほどとは違った意味で心臓がドキドキして落ち着かない。

「あ、あの……そろそろ下ろしていただけますか」

アリアは未だに自分を横抱きする男を見つめて、声にならない悲鳴を上げそうになった。

――ひ……っ、こんな美形見たことない……！

よく見ると彼はとんでもない美丈夫だった。

金の髪に理知的な青い目。笑顔は一切ないところが少し怖いが、アリアを抱き上げる腕は逞《たくま》しくて、不安定さは感じない。そしてなんだかいい匂いがする。

さすが近衛騎士だ。容姿端麗でないと入れないという噂は本当かもしれない。

今すぐ彼から離れなければ。全身から汗が噴き出しそうだ。

彼はたっぷり十秒ほどアリアがあたふたする様を見つめてから、ようやく地面に下ろしてくれた。

「怪我はないか」

「はい、大丈夫です。あの、助かりました。ありがとうございました」

――普通は橋の上から飛び降りるなんてしないものね！

大した高さではないとは思っていたが、冷静に考えると少々怖い。木から落ちるようなものだった。

無傷でいられたのも騎士団長が抱き留めてくれたからだ。何故近衛の騎士がこの場にいるかはわからないが、アリアには関係ない。

余計なことは言わないうちに帰った方がいい。いつの間にか空は茜色《あかねいろ》に染まっていた。

「お騒がせしました。それではここで……」

部下と思しき少年からバスケットを受け取ろうとする。

だがその前に、アリアの背中になにかがパサッとかけられた。

「え？」

とてもいい匂いがする。先ほど嗅いだばかりの芳《かぐわ》しい香りだ。

「あの……、え⁉」

戸惑っている間にアリアはぐるぐると布を巻き付けられた。よく見るとそれは騎士団長のジャケットだ。

丈が長いため、アリアが着るとふくらはぎまで隠れてしまう。袖を縛られたら両腕が動かせなくなった。

「団長、なにを？」

「このまま帰せるわけがないだろう。なにがあったのか聞き取りをする」

「それはわかりますが……何故簀《す》巻《ま》きに？」

アリアは激しく同意した。

こんな風に雑にジャケットをぐるぐるに巻いたら生地に皺《しわ》ができてしまうではないか。

「……肌寒くなってきただろう。もう日が暮れる」

「はあ、なるほど」

「いえ、納得しないで⁉」

別に寒くないですが！　と言おうとした瞬間、アリアはふたたび身体を抱き上げられた。

「きゃっ！」

「ケビン、彼女の荷物を運ぶように」

「はい、団長」

ケビンと呼ばれた少年は不思議そうな表情をしていた。騎士団長がこんな風に行動するのは珍しいようだ。

「待ってください、そろそろ家に帰らなくては」

「事情を聞き終えたら自宅まで届けよう。先ほど君が男たちから追われていたのは間違いないな？」

「それは、はい……そうですが」

「ならばひとりで帰らせるわけにはいかない。言伝《ことづて》があるなら届けさせるが」

「え……」

――屋敷に？　どうしよう……。

供をひとりも連れずに屋敷から出て行ったことを知ったら、さすがに伯爵夫妻も呆《あき》れるのではないか。

アリアの方からお遣いを買って出たとはいえ、危機管理がなってないと言われるかもしれない。

――私の自分勝手な行動のせいで使用人が解雇されたら困るわ！

いくら八年前まで住んでいた場所とはいえ、アリアの身分は伯爵令嬢。軽率《けいそつ》な行動を咎《とが》められてもおかしくない。それに息抜きも必要だからと容認してくれた使用人にも申し訳ない。

「言伝は……その」

「なにか言いにくい事情でもあるのか」

今のアリアの恰好《かっこう》を見ても、誰も貴族令嬢とは思わないだろう。アリアだってドレスよりも市井の恰好の方が動きやすくて好きだ。

「遅かれ早かれ、君にはすべて話してもらうことになるが」

「うう……はい」

抱き上げられたままじっとしていたら、あっという間に大通りに着いた。

この先を真っすぐ歩けば中央にある噴水の広場に到着するが、彼は路肩に停《と》めていた馬車に乗り込んだ。アリアを膝に乗せたまま。

――いや、待って？　なんか距離感おかしくない⁉

視線だけでケビンに訴えるも、彼はサッとアリアから目を逸《そ》らしてしまった。見てはいけないものを見てしまったとでも言いたげだ。

「あの、ひとりで座れますが」

「その恰好では不安定だからダメだ」

「ではこれを解いてもらえたら……」

「風邪をひかせたら困る」

——何故困るのかしら！　そもそも寒いなんて言ってませんが！

名前も知らない男のジャケットをぐるぐる巻きに着せられて身動きが取れない。

そんな状況に首を傾《かし》げるも、すでに走りだした馬車から降りられるはずもなく。じっとしている以外の術《すべ》がない。

「あの……私はどこへ？」

「騎士団の詰所だ」

——それってまさか王宮にあるとか……？　普通の一般市民も入れるのかしら？

第二騎士団ならまだ理解できるが、近衛の第一騎士団の詰所においそれと入れるものではないはずだ。

一体なにが起こっているのだろう。そしていつになったらこの簀巻き状態から解放してくれるのか。

「キュルキュルキュル」

「なんの音だ?」

馬車の中に充満するパンの匂いに釣られて、アリアの腹が鳴ってしまった。

「すみません、私のお腹《なか》の音です……」

「小鳥の鳴き声みたいですね。……って、女性に失礼でしたね。すみません」

アリアの手荷物はケビンが持ってくれている。バスケットに詰められたパンは小麦の味が濃くておいしいのだ。

「あの中身はパンだったか」

「はい、お世話になっていたパン屋さんからのいただきものなんです。六番通りにある「ルーカス」ってパン屋さん、知ってますか? ルーカスおじさんが作ったクリームパンが大人気なんですよ」

「あ、僕知ってます! たっぷりクリームが詰まっているんですよね。甘すぎずくどすぎなくてすぐに売り切れるって聞いたことありますよ」

近衛騎士の耳まで届いているとは誇らしい。アリアは自慢げに頷いた。

「ケビン」

団長がケビンを呼ぶと、彼は心得たようにバスケットを渡した。

「君が言っていたクリームパンとやらも入ってるのか?」と問われ、アリアはパンの特徴を伝える。

「楕円形《だえんけい》で三つの切れ目が入ったものがそうです」

「これか」

彼はおもむろに白い手袋を脱いだ。そしてクリームパンを手にし、食べやすい大きさにちぎる。

「どうぞ」

「……え？　え？」

疑問符しか浮かばない。

咄嗟にケビンに助けを求めるが、彼はニコニコとアリアに頷くだけだった。

「腹が減ったんだろう？　遠慮せずに満たしたらいい」

「いえ、あの、でも……ンッ」

一口大にちぎったパンを口に放り込まれた。仄《ほの》かに甘くて優しいクリームの味が口いっぱいに広がる。

「そう、この味。懐かしくておいしい……」

「そうか。むせないようにゆっくり食べるといい」

クリームが零《こぼ》れないように気を付けながら、アリアが食べやすい大きさにちぎってくれる。器用さに感心しつつも、アリアは首を傾げていた。

──なに？　この状況。

美形の騎士団長の膝に乗ったままパンを食べさせられている。

互いの名前も知らない状態でこの距離感はおかしいと言わざるを得ない。

「あの、私ばかりいただくのは心苦しいので、おふたりもお好きなパンをどうぞ」

「いえ、我々は職務中ですので」

ケビンがきっちり断った。

──これ職務なんだ？

喉元まで出かかった疑問を口にする前に、出番を待ち構えていたクリームパンを口に入れられた。


小腹が満たされた後、馬車が停止したのは騎士団の演習場の近くだった。

ひとりで歩けると主張するアリアの発言は綺麗に流され、結果拘束状態で騎士団の応接室に通されている。

──何故、こんなことに……。

第一騎士団が使う詰所は王宮の敷地内にあった。第一、第二、第三ごとに建物が違うそうだ。

貴族の邸宅のように華美な内装ではないが、シンプルながらも白と木目調で統一された家具はしっかりした造りに見える。

長椅子に座るアリアは、借りてきた猫のように身体を縮こまらせていた。

「まあまあ、あまり緊張しないで。はい、お茶をどうぞ」

「あ、ありがとうございます」

オリヴァーと名乗った男が紅茶を出した。彼は副団長をしているらしい。にこやかな笑顔で人当たりが良さそうだ。第一騎士団にいるのだから彼も貴族なのだろう。

——……落ち着かないわ。

ようやく簀巻き状態から解放されたが、いまいち状況が飲み込めない。目の前に出された紅茶を手に取るも、落ち着いて飲めそうにない。

アリアは紅茶に息をかける。猫舌で熱い飲み物は苦手なのだ。

「まずは名前と住所。あの場所でなにをしていたか教えてくれる？」

「名前……ですか」

オリヴァーに問いかけられた。

できれば偽名を使いたいが、そんなことをしたら後々家族に迷惑がかかるかもしれない。

——どうしよう。ちゃんと言うべきよね……。

「名前を言いたくない理由でもあるのか？」

何故か隣に座る騎士団長に尋ねられた。

人ひとり分空けているとはいえ、普通は隣に座らないのではないか……と思いつつも、はっきり言うことは憚《はばか》られる。

「そういうわけではないのですが……あの、私がひとりで王都を出歩いていたことを家族は知らないので」

「あなたは名のある家の令嬢ということかな？」

オリヴァーの確認に頷いた。

外見だけなら完全に市井に溶け込んでいるのだ。令嬢らしい気品があるわけではないのでごまかせるかと思っていたが、事情聴取まで取られてしまえば白状しないわけにはいかない。

「私たちは秘密を守る。ここで聞いたことは口外しないと誓おう。申し遅れたが、私は第一騎士団の団長、レナルド・レイヴンズクロフトだ。こちらは副団長のオリヴァー・ラトリッジと、私の補佐をしている従騎士のケビン・ヘイウッド」

「……アリアです。……アリア・アッシュフィールドと申します」

相手から名乗られたらこちらも名乗るほかない。アリアは観念することにした。

「なるほど、君はアッシュフィールド伯爵家の令嬢だったのか」

「はい、そうです」

——やっぱり家名だけでバレてしまった。

アリアは貴族の繋がりに疎《うと》いが、生まれながらの貴族である騎士団長たちはすぐにわかったようだ。

だがアリアもさすがにレイヴンズクロフトの家名は知っている。なにせこの王国でも五指に入る名門の公爵家だ。

そして代々騎士の家系で騎士団長を多く輩出していることでも有名だ。

レイヴンズクロフト公爵家は王家とも遠い親戚のはずだが、彼は王妃の甥としても有名である。たった一度だけ参加した社交界でも噂の的だった。

——確かラトリッジは侯爵家でヘイウッド家も伯爵家……だったかしら。近衛騎士団には貴族が多いというのは本当みたいだわ……。

緊張のあまり気絶しそうだ。

こんなに貴族に囲まれたのは社交界デビューの時以来かもしれない。

「それでアリア嬢がひとりであの場にいた理由を訊いてもいいかな？　あそこは女性ひとりでうろついてもいい場所ではない」

オリヴァーに苦言を呈される。なんとも耳が痛い。

「はい、存じております……普段は絶対に行きません。本当です！　今回はたまたま不幸が重なって」

「どんな？」

レナルドに問いかけられた。カラスに襲われて髪飾りを奪われて追いかけたなんて信じてもらえるだろうか。

「……嘘みたいな本当の話なんですが、カラスに襲われて」

「カラスに襲われた？」

レナルドの手が隣から伸びた。頭と額を確認される。

前髪を上げられて額まで丸出しにされると、別の意味で緊張から変な声が出そうになった。異性から顔も頭もペタペタ触られたことがない。

「怪我はなさそうだが、どこか痛いところは？　あのとき髪の毛が乱れていたのは襲われたからだったのか」

「痛みは特にないですが、髪の毛が乱れてましたか？　そういえば頭を突かれたかも」

髪飾りを狙われたことを話す。

地面に落ちたところをカラスが奪い、そのカラスを追って走っていたらあの場に迷い込んでしまったと正直に告げた。

すぐにその場を離れようとしたが、怪しい二人組の男たちに見つかって追いかけられてわけもわからない状態だった。

「髪飾りは取り返したんですけど」

ポケットにしまっていたものを取り出した。幸い傷もなくてよかったが、しばらく外ではつけないようにしよう。

「取り返したって、どうやって？」

「多分私に恐れを抱いたんだと思います。ずっと追いかけ続けたので」

「なるほど、執念ね」

正直に答えたらオリヴァーに笑われた。

「カラスしか見ていなかったから迷ってしまって、そしたら変な男たちに追いかけられました。もう橋の下にでも逃げるしかないと思って飛び降りた先に団長さんが」

「レナルドでいい」

「れ、レナルド様が受け止めてくださいました」

思い返すとヒヤッとする。彼がいてくれて命拾いした。

「受け身をとれば擦り傷程度で済むかなと思ったのですが、甘かったかもしれません」

「受け身をとろうと考える伯爵令嬢なんて珍しいね」

オリヴァーの指摘には頷くしかない。

レナルドは小さく嘆息する。

「まさかそんな事情だったとは。君は随分と無茶《むちゃ》をする」

「はい、返す言葉もございません……助けてくださってありがとうございました」

「当然のことをしたまでだ」

ケビンがアリアの発言を書き留める。恐らく名目としては保護ということになるのだろう。

――でも何故近衛の騎士団長が橋の下にいたのかな。考えれば考えるほど不思議だわ。

彼らの勤務地は王宮内のはずだ。たまたま王都を巡回していたというのもありえなくはないが、十番通りになんの用事があったのだろう。

勤務時間外だったのか、それともなにかの任務中だったのか。いずれにせよ、アリアが尋ねることではない。

「それで、君を追っていた男たちに心当たりは？」

「いいえ、まったくないです。たまたま通りかかったところでなにかを手渡しているのをチラッと見てしまっただけで」

「なにかとは、なにを？」

それはわからない。アリアは首を左右に振った。

「本当にチラッとしか見ていないので。小瓶っぽいものだったような……？　でも興味もないですし、そもそも怖いですから。でも多分、私に見られたという理由で追いかけたのかなって……なんの現場だったのでしょう？」

レナルドとオリヴァーが顔を見合わせた。

どうやらあまり見てはいけない取引現場の可能性が高い。

「違法な取引というのは間違いないな。目撃者がいたら困るのは確実だろう」

「最近、あの辺は特に治安が悪化しているらしい。外国から不法に入国した者が住み着いているとも言われていてね。騎士団も見回りを強化しているんだ」

「そうだったのですね」

オリヴァーの説明に驚く。元々あの周辺には近寄らないようにしていたが、昨今ではさらに複雑な状況になっているようだ。

「怪しい取引があるという話は聞くんですが、はっきりとした取引現場は見つかっていないんですよね。僕たちも現行犯で捕まえることはできなくて、トカゲの尻尾切りみたいなものばかりになってます」

どうやら犯罪組織もあるらしい。

改めて、そんな場所に迷い込んでしまった自分が迂闊《うかつ》すぎた。

「それでは私は一体なんの現場を……って、すみません。聞かなかったことにしてください」

——これは首を突っ込んじゃいけないやつだわ！

大人しくしていた方が身のためだ。これ以上関わるべきではない。

「なにを渡していたかはわからないんだよね？」

オリヴァーに再度確認された。

アリアも記憶を辿《たど》ろうとするが、ほんの一瞬の出来事だ。残念ながら覚えていない。

「わかりません」

「でも君は、違法な取引現場を目撃した貴重な証言者ということになる」

「え？」

話の流れが変わってきた。

レナルドの表情からは感情が読みとりにくい。

「どう思う、オリヴァー」

「そうだね～このまま帰すのは危険かな」

「でも、いい加減帰らないと困るのですが」

日暮れまでに帰るはずがもう夕食の時間だ。

夕食は伯爵夫妻と共にすることが多い。あまり気が休まる時間ではないが、一日に一回は家族の時間をという方針に従っている。

「先ほどケビンからアッシュフィールド家には使いを出した。重要な参考人として騎士団で保護していることを伝えている」

「ええ！」

――参考人⁉　まったく参考になるようなこと言ってませんが！

男たちの特徴は朧気《おぼろげ》にしか伝えられない。フードを被っていたのと、逃げることに必死でよく顔を見ていないのだ。

「つまり私は帰れないってことですか？」

「しばらくは帰らない方がいい。君にはここにいてもらおう」

――嘘でしょう！

ここにとは、騎士団の宿舎に泊まるということか。

さすがに想定していなかった状況だ。

「自室に謹慎してしばらく外に出なければいいだけでは……」

「アッシュフィールド家には腕の立つ護衛がいるのか？」

「いえ……特にはいません」

武道を嗜《たしな》んでいる使用人もいない。

――護身術程度にしか身を守れる人たちはいないかも……。

高位貴族にもなると、家の安全を守るために専属の護衛や騎士を雇っているらしい。跡取りの子息や令嬢にも護衛の騎士をつけているとか。

アリアのせいでアッシュフィールドの屋敷が襲われたら怪我人《けがにん》が出てしまうだろう。考えすぎだと思いたいが、楽観視できる状況なのかもわからない。

「今の君にとって、ここが一番安全だ。それに君が目撃した取引が単なる密輸品の売買ならまだしも、もっとよからぬものだった場合は目撃者を消そうとするかもしれない。婦女暴行事件になり得る可能性は高い」

「そうだよ、アリアちゃん。もしも君が犯罪集団に捕まって、他国へ連れ去られたらどうするの」

「ええ……でも飛躍しすぎでは？」

同意を求めてケビンに視線を合わせるが、彼もレナルドとオリヴァーに賛成らしい。

――大げさじゃないの⁉

今さらながら身体が震えそうになった。もしも男たちに捕まっていたら、今頃船の上だったかもしれない。

「アリアちゃん。危険の可能性があるときは過剰なほど防衛するべきだ。できればその男たちが捕まるまで」

「そう言われましても……ご迷惑では？」

こういうことはよくあることなのだろうか。

騎士団の宿舎には客室が併設されているのかもしれない。

「それは大丈夫。でも滞在先はうちの宿舎じゃ心配でしょう？　部屋は余っているけど若い騎士が多いから」

「え？　ではどこに」

まさか王宮の客室に泊まらせるつもりでは……それは落ち着けないので辞退したい。

「だからうちの団長の屋敷に宿泊したらいいよ。ね、レナルド？　問題ないよね」

「え……ええ⁉」

騎士団長ともなると一般の騎士の宿舎に住んでいないらしい。

専用の屋敷を与えられることをはじめて知った。

「いえ、それはもっとご迷惑では……！」

「構わない。安全面は保障しよう。部屋も余っているから好きに使ってくれていい」

「は……はい？」

あっさり受け入れられて頭が混乱する。

出会ったばかりの騎士団長の屋敷に厄介になるなど、想像もしていなかった。

「じゃあ決まり！　アッシュフィールド家にはうちから連絡を入れておくから心配しなくていいよ」

必要なものがあればケビンが取りに行ってくれるそうだ。アリアは完全に置いてけぼりである。

「でも、私は騎士団長……レナルド様のお屋敷でなにをしたらいいのでしょう？　料理と洗濯ですか？」

アリアは母とふたりで暮らしてきたため一通りの家事は行える。家庭料理でよければ作れるが、公爵家の人間の口に合うかどうかはわからないが。

レナルドは「なにもする必要はないが」と答えたが、すかさずオリヴァーが案を出した。

「それなら、団長の世話係をしてもらおうかな！　ちゃんと給金も出すから」

「世話係ですか？」

「なにを言いだすんだ、オリヴァー。私に世話など必要ないぞ」

レナルドも反論する。彼にとってもオリヴァーの提案は予想外らしい。

「それはいい案ですね、副団長。団長は仕事中毒ですから」

どうやらレナルドは屋敷にまで仕事を持ち帰っているらしい。ケビンは団長がきちんと休めているのかわからないと嘆きだした。

「そうでしょう？　うちの団長は「休む」ってことが苦手だからさ。寝食忘れて仕事に没頭なんてしょっちゅうなんだよね」

――それは心配になるかも。

アリアはちらりとレナルドを窺《うかが》う。あまり表情が変わらない美男子でなにを考えているのかわからないため、疲れていても周囲が気づかないだろう。

「で、アリアちゃんにはこいつがちゃんと休んでいるかの監視係というか、人間らしい生活を送れるように見張っててよ。その分の給金はレナルドが出すから」

「そんな、いただけませんよ！　お世話になるのにお給金が出るなんて」

「いや、確かにその方が気兼ねなく過ごせるだろう。オリヴァー、日当はいくらが妥当だ？」

「そうだね～このくらいかな」

――それ、パン屋のひと月の売り上げじゃない！

ルーカスおじさんのパン屋の売り上げを一日でいただくなど冗談ではない。いくらアリアが伯爵家の令嬢でも金銭感覚は庶民のままなのだ。

「その十分の一じゃなければ受け取りません。というか、お金はいただけません！」

「そんなに私の世話係は嫌なのか」

「そうじゃなくて私、とっても不器用なんです。迷惑をかけることの方が多いと思うんです。だからお給金というのであれば、私の仕事ぶりを見てから金額を決めてください」

――それでお給金の話はうやむやにしてしまおう。

きっと一週間程度で解放されるはずだ。慣れた頃にさよならをすることになる。

「なるほどね。まあうちとしては、我らの団長がきちんと人間らしく寝食を忘れないよう監視してくれるだけでありがたいんだけど」

「本当、それですね」

オリヴァーとケビンの発言が気になるが。一体レナルドはどれだけ仕事人間なのか。

「でも、私もできる限りのことはさせていただきます。働かざる者食うべからずと思っていますから」

「アッシュフィールド家の家訓かな？」

貴族らしくないと思われたかもしれないが、アリアは笑ってごまかした。

調べればすぐにアリアが正妻の娘ではないことと、十歳まで王都の下町で過ごしていたことなどわかるだろう。

「私も君の意思を尊重しよう。よろしく、アリア」

「っ！　よ、よろしくお願いいたします」

レナルドに名前を呼ばれただけで心臓が跳ねるなどどうかしている。

——どうしよう、落ち着かないかもしれない……！

保護という名目で騎士団長の屋敷の世話になるなんて、今夜は眠れないかもしれないと思うのだった。

第二章

外で食事を済ませてから、アリアはレナルドの屋敷に案内された。

場所は王宮からほど近く、騎士団の宿舎からも徒歩で通える距離にあった。どうやら慣例として騎士団長は専用の屋敷に住まなくてはいけないらしい。

「基本的には通いの家政婦が日中に家事をしてくれている。明日君にも紹介しよう」

「ありがとうございます」

屋敷の管理はレイヴンズクロフト家から派遣された執事が行っているそうだ。屋敷を不在にすることも多く、最低限の人数で管理しているらしい。

料理長や庭師などは、騎士を退団した人たちを積極的に雇っている。つまりこの屋敷の使用人たちは武闘派の騎士たちだ。

――なるほど、確かに安全だわ。

夜間には番犬を放つそうだ。簡単に賊が屋敷に入ってこられないようになっている。夜中に外を出歩くのは絶対にやめておこう。

「しかし女性の身の回りの世話をお願いできる者がいないんだが」

「いいえ、お気になさらず。私は自分のことは自分でできますので」

「だが私に言いにくいこともあるだろう。遠慮せずにと言っても、君は断りそうだ」

——……見抜かれているわ。

それも騎士という職業柄だろうか。

「必要なものさえ届けてもらえたら問題ないかと。着替えとか、化粧水などですね」

「そうだった。取り急ぎ今夜の着替えは女性用の寝間着を用意してもらったので安心していい」

「ありがとうございます」

——どなたに依頼したんだろう。

実家に頼んだのだろうか。この短時間で？　と思わなくもない。

案内された部屋は屋敷の三階の客室だった。室内は綺麗に掃除がされており、定期的に空気の入れ替えもしているようだ。

「素敵なお部屋ですね。ここを使用していいのですか？」

「もちろんだ。浴室も隣接している。好きに使ってほしい」

それはなんとも贅沢《ぜいたく》である。

——お部屋に水回りがついてるなんてすごいわ。

伯爵家の自室はさすがに浴室まで隣接していなかった。不足のない暮らしをさせてもらっているが、アッシュフィールド家に引き取られてからなにかをねだったことはない。

客室は暖かみのあるクリーム色の壁紙と白い調度品で統一されていた。広々とした寝台はアリアのものよりも大きそうだ。

「私の部屋は真向いにある。なにかあればすぐに駆け付けよう」

「お心遣いありがとうございます」

屋敷の主人と部屋が近い客室は普通のことなのだろうか。

——わからないけど、安心感はあるかも。

悲鳴を上げたら扉を破られるかもしれない。変な悪夢を見ないように気を付けたい。

「では、ゆっくり疲れを癒《いや》すように」

「ありがとうございます。おやすみなさい」

パタン、と扉が閉まった。どっとした疲労感に襲われる。

——なんて目まぐるしい一日なんだろう！

身体はくたくたなのに頭が冴《さ》えて眠れそうにない。

汗を流しに浴室へ向かうと、女性用の寝間着と下着が用意されていた。

「か、かわいい……」

薄いピンク色の寝間着はしっかりした生地で足首まで隠れるものだ。胸元のリボンと、裾のレースが乙女心をくすぐる。

下着は腰の両側で調整できるもので、大きさを気にしなくていいのがありがたい。だが布の面積が少々小さすぎないか。

「これ、誰が用意したんだろう……？」

女性の世話ができる人はいないと言っていた。家事を任せられている家政婦は日中にしか滞在していないはず。

あまり深く考えない方がいいだろう。アリアは手早く汗を流してから、用意されていた下着と寝間着に袖を通した。


「枕が違うのによく眠れたわ……」

他人の家で熟睡なんてできないと思いきや、夢も視《み》ずに爆睡していたらしい。

自分の図太さに少々呆れつつ、下町育ちだからと受け入れた。夜中に外で酔っ払いが騒いでいても気にせず寝ていたのだ。育った環境は大きいだろう。

起きるにはまだ早い時間だが、朝食づくりを手伝うにはちょうどいい。

「そうだ。今日から団長のお世話係をするなら、まずは朝ごはんを手伝おう」

手先は不器用だが、幼少期からパン屋で育ってきたのだ。生地をこねるのはお手の物である。

アリアは手早く身支度を整えると、部屋を抜け出した。念のためレナルドを起こさないように足音には気を付ける。

早朝の台所ではすでに料理長が朝食の準備に取り掛かっていた。アリアは今日から世話になる挨拶を交わし、パン作りを任されることになった。

——パンは分量を間違わなければ失敗しないから好きだわ。

生地をコロコロと丸めるのも好きだ。

「普段の朝食は賄《まかな》いしか作らないから、こうしてお客様が来てくれると腕が鳴るよ」

恰幅《かっぷく》のいい料理長は十年ほど前に騎士を退職したそうだ。料理の腕を買われて、レナルドの屋敷で働きはじめたらしい。

「レナルド様は朝食を召し上がらないのですか？」

「ああ、普段はほとんど口にしないな。紅茶だけ飲んですぐに登城してしまう」

身体が資本なのにと嘆いている。

——なるほどね。オリヴァー様たちが心配になるのはそういうことなのかも。

夕食が不要なときはあらかじめ連絡が入るそうだが、きちんと食事をしているのか心配なのだとか。

仕事に集中してしまうと、食事が疎《おろそ》かになるのは仕事人間の典型なのかもしれない。

「では朝は簡単に食べられるようなものを作りましょうか。パンに具材を詰めてサンドイッチにして、食べられなかったら昼食用に持っていけるようにしたら無駄にもなりませんから」

食欲がなければ果物を用意したらいいのではないか。

新鮮な果物は仕入れているようだ。レナルドの好みはわからないが、いくつか切り分けていれば好きなものを選ぶだろう。

「じゃあ俺はスープを作り終えたらサンドイッチの具材を用意するかな」

「お願いします」

パンをオーブンに入れてから果物ナイフを探した。

まな板に柑橘系の果実を載せて真っ二つに切ろうとする。

「あれ?」

「……ッ」

背後でなにかがぶつかった音がした。

「え? あ、レナルド様!」

扉を開けたレナルドが呆然《ぼうぜん》と突っ立っている。僅《わず》かに目を瞠《みは》ったままアリアを見つめ返した。

「おはようございます。どうかなさいました?」

「……おはよう、アリア。君こそここでなにを?」

「朝食のお手伝いをしているんですが、果物を切ろうとしたら手からナイフが消えまして……あれ、なんでここに？」

レナルドのすぐ近くにナイフが落ちていた。

アリアはそのナイフの上へ視線を動かした。壁に真新しい傷ができている。

「す、すみません！　もしかしなくてもナイフが背後に飛んだみたいです……！」

お怪我は⁉　と慌てるアリアに、レナルドはなにもないと返す。

「油断していた。まさか屋敷内で奇襲を受けるとは思わなかった」

「わざとでは……！　決してわざとではないんです～！」

手の汗で滑ったようだ。果物が転げ落ちるならまだしも、ナイフが背後に飛ぶとは思わなかった。

——私ったらなんてことを！　パン作りは得意だからって、果物にまで手を出すべきじゃなかった！

まともに果物も切れないとは情けないが。少々調子に乗ってしまったらしい。

涙目でレナルドに謝罪すると、彼は小さく息を吐いた。

「私は問題ないが、君が怪我をしたらいけない。ナイフは持たないように。あと朝食の手伝いはしなくていい」

「え……パン作りは得意なんですけど、お嫌ですか？」

料理長がオーブンを開けた。いい色合いに焼けたパンは店で売られているものと遜色がない。

「……パン作りだけなら許可を出そう。だが火傷《やけど》には気を付けるように」

「はい！　よかったです。レナルド様は朝食を召し上がらないようですが、食べてもらえたらうれしいなって」

へへ、と喜んでいると、レナルドの眉間に皺が寄った。なにか気に障るようなことを言っただろうか。

「あの……？」

「マックス。もうアリアは回収して構わないな？」

「ええ、もちろんですよ。朝食は召し上がっていきますよね。食堂でお待ちください」

レナルドは頷くと、アリアの手を握った。

「食堂に案内しよう」

「はい、ありがとうございます」

――この手は一体……？

事故とはいえ、ナイフを投げつけた前科がある。不用意に危険なものに触らないようにということか。

「いや、その前に君の着替えだな。先ほどアッシュフィールド家の使いの者がやって来た。

数日分の着替えをまとめて持ってきたようだ。確認するといい」

「ありがとうございます。助かります」

食堂の前にアリアの部屋へ向かった。何故かレナルドはアリアの部屋の前で待機している。

無言で待たれていると落ち着かない。

妙な圧を感じながらアリアは急いで荷物を確認した。シンプルで動きやすいデイドレスは日常的に着用しているものだ。

「あ、よかった。ひとりで着られるものばかり入れてもらえて」

お出かけ用のドレスが一着と、普段着用のドレスが三着。寝間着に着替えの下着を四枚ほど。これだけあれば十分だろう。

——まあ、一週間くらいよね。いつまで滞在するのかは確認していないけれど。

そう長いこと騎士団長の屋敷の世話にはならないだろう。常識的に考えて、保護という名目で長居するにしても半月未満のはずだ。

「お待たせしました」

薄いピンクのドレスに着替えて扉を開けた。春らしい色合いで華美な装飾もなく、動きやすいドレスだ。

「足りないものはあったか」

「いえ、まったく。大丈夫です」

レナルドはびっくりするほど表情が動かない。一見怒っているのではと思うほど。

——なんとなくわかってきたけれど、この方はきっと表情筋が硬いんだわ。

せっかくの美形なのに、無表情なのがもったいない。少しでも微笑《ほほえ》んだら意中の女性をあっという間に射止めていることだろう。

——でも婚約者はいないんだっけ？　私は社交界に出ていないから噂もわからないけれど。

去年デビューしたときはあちこちでレナルドの話題を聞いた。クールなところがたまらなく色っぽくって素敵だという賛美を何度か耳にしたことがある。

「そうか。では行こう」

当たり前のように手を握られて驚く。これが彼の距離感なのだろうか。見た目によらず過保護なのかもしれない。

——そういえば昨日も馬車の中で膝に乗せられたわね……。

ジャケットでぐるぐる巻きにされた理由も不明のままだ。何故あんな奇行に出たのだろう。夕暮れ時で多少の肌寒さはあったが、アリアからねだったわけではない。

「あの、レナルド様」

「どうした？」

「この手は転倒防止のためでしょうか」

そう、子供と一緒だと思うと納得がいく。

――でも私、もう成人してるんですよ？

長身のレナルドと並ぶと小柄で、彼の肩にも届かないが。

「失礼した。不躾《ぶしつけ》に女性の手を握るものではなかったな」

「いえ……」

「エスコートならこっちか」

「はい？」

まるでアリアからエスコートをねだったようになってしまった。差し出された手を無視する度胸はない。

「では……遠慮なく？」

そっと彼の手に重ねる。奇妙なムズムズ感がこみ上げてきた。

――なんだろう、このもぞもぞするような感覚は……。

レナルドの表情にからかいなども浮かんでいない。屋敷内でエスコートは不要だと思うのだが、アリアは口を噤《つぐ》むことにした。

共に朝食をとり終えた後、アリアはレナルドを見送った。日中は屋敷の中で好きに過ごしていいと言われているが、身に染みついた〝働かざる者食うべからず〟という精神は簡単には消えない。積極的に屋敷内の掃除を申し出る。

「廊下のモップかけ手伝いますね。バケツはこちらを使用していいですか？　水を汲《く》んできますすね」

「いえ、アリア様に手伝っていただくなど」

「大丈夫です！　レナルド様からは好きに過ごしていいと言われていますから」

それになにもしないのも退屈である。暇な時間があるなら少しでも生産的なことに使いたい。

だがバケツの水を運んで早々に、アリアは階段で躓《つまず》いた。バケツは宙を舞い、水を振りまいてガラガラと床に転がり落ちる。

「大丈夫ですか⁉」

「ああー！　すみません、すぐに拭きますから！　あ、そこ水で濡《ぬ》れてるので気を付けてください！」

綺麗な水でよかったと安心するべきか。いや、早々に仕事を増やして申し訳ない気持ちの方が強い。

「もうこのままモップで拭きますね」と告げて、せっせと廊下を磨き上げた。水浸し注意報を発令したが、近くを通りかかった者が数名転倒しかけた。

——バケツは危険だったかも……危うくいろんな人を転ばせることになってしまったわ。

幸い誰も怪我をしなかったが、アリアはモップを取り上げられてしまった。

気を取り直して衣装部屋の整理を買って出る。クリーニング店から届いたレナルドの衣装を衣装部屋にしまうだけの簡単な手伝いだ。

「結構重いのでお気を付けて」と、通いの使用人に声をかけられた。

「はい、大丈夫です！」

アリアも腕力には自信があるのだ。なにせ子供の頃から重い小麦粉を運ぶ手伝いをしていた。

「よいしょっ」

シャツを数枚腕にかけて、衣装部屋に運んでいく。

レナルドの衣装部屋には扉がふたつあるようだ。彼の私室を通らなくても廊下から入れる造りになっていた。

——お部屋に無断で入るのは抵抗があるけど、ここだけなら大丈夫そうね。

衣装部屋の奥はレナルドの寝室に繋がっているらしい。

丁寧に畳まれた衣装の皺を伸ばしてポールにかけるだけの簡単な仕事なのだが……。

——あ、しまった。ちょっと重いかも……⁉

体勢を崩したアリアは咄嗟に近くのジャケットの裾を掴んだ。

次の瞬間、ポールが外れて上段にかけられていた服がアリアの頭上に落ちてきた。

「きゃあっ⁉」

バサバサッと落ちた服に埋もれてしまう。レナルドの上質な服は生地がしっかりしているため、数枚重なるとそれなりに重い。

「アリア様⁉」

アリアの悲鳴を聞いて駆け付けた使用人に救出されるまで、アリアは衣装の雪崩に巻き込まれたままだった。

――うう……なんでこんなことに……。

やることなすこと裏目に出ている気がする。

だがアリアはめげない。

せめて風呂掃除なら！　と、部屋の浴槽を掃除したら泡が溢れて消えなくなった。洗剤の量は正しいはずなのに、増殖する泡は一体いつになったら消えてくれるのか。

「知らなかった。私って役立たずでは……」

こんなに自分がポンコツだとは思わなかった。役に立てたのはパン作りと、レナルドに朝食をとらせたことくらいだ。

彼に朝ごはんを食べさせたのはいい行いだっただろう。屋敷にいる間の食事管理を任されているのだから。

だがその他の有様を見て、アリアは肩を落とした。これはもう不器用というより不運の連鎖だと思いたい。

換気のために窓を開けた。

浴室に発生した大量のしゃぼん玉がふよふよと飛んでいく光景は綺麗だった。

◆　◆　◆

アリアを屋敷に置いてきたレナルドは、一日中気がそぞろになっていた。気づくと無意識にアリアのことを考えている。

きちんと昼食はとっただろうか。不自由はしていないだろうか。そういえばまともな茶菓子はなかった気がする。女性が好きな菓子のひとつでも用意しておくべきだったかもしれない。

彼女は年頃の女の子らしく甘い物が好きそうだ。帰りにどこかの菓子店で土産を買っていくべきか。

「気になる？　彼女のこと」

副団長のオリヴァーが含み笑いを見せる。子供の頃からの付き合いのため、ふたりきりのときの口調は気安い。

「昨日レナルドが女性を抱きかかえてきたのを見たときは目を疑ったよ。怪我人を保護しただけかと思いきやそういうわけでもないのに、服まで貸しちゃって。一体どういう風の吹き回し？」

休憩時間とはいえ、自分のことをペラペラ話すのは気が引ける。しかし指摘された通り、何故か彼女のことが気にかかった。

これも王妃の占いのせいなのか……。レナルド自身も自分の感情を持て余していた。

「正直わからない。だが今だってなにをしているのか気になって仕方ない。私のこのモヤモヤした感情はなんなんだ」

「……ええ、大丈夫？　それってやっぱり王妃様の占いが関係しているんじゃない？」

オリヴァーは新しく紅茶を淹《い》れた。熱々のカップをレナルドに渡し、自分用にも紅茶を注ぐ。

「夕暮れ時に空から天使が落ちてくるという予言めいた占いか。お前は彼女のことで間違いないと思うか？」

「まあ、多分そうなんじゃない？　王妃様の差し金でたまたま偶然レナルドの前に現れたわけでもない限りは」

アリアと王妃の接点はなさそうだった。彼女の話が本当だとすれば、カラスを追ってあの場に迷い込み、逃げるために橋から飛び降りたということになる。

「レナルドもアリアちゃんのことを調べるために保護という名目で匿《かくま》っているんでしょう？　まあ、半分は監視目的でもあるか」

男たちから追われていた重要な参考人ではあるが、わざわざ屋敷に保護する必要はない。適当に言いくるめて宿舎の空き部屋に泊まらせることだってできたのだ。

「保護と監視が半々なのは否定しない。彼女が本当になんらかの目撃者になっただけなのか、他に隠し事がないかがわかるまでは監視下に置くつもりだ」

元々犯罪組織に関わっていたが、関係を断ち切ろうとして追われていたという可能性もゼロではない。ただの貴族令嬢であればその線も薄いだろうが、彼女は下町育ちだ。どんな横の繋がりがあるかはわからない。

「元々はアリアちゃんのお母さんがアッシュフィールド伯爵と恋仲だったわけで、別れた後にアリアちゃんを産んだんだっけ。私生児だった彼女を伯爵が引き取ったのが約八年前か」

「それまでは昨日持ってきたパン屋の二階に住んでいたようだな」

アッシュフィールド伯爵令嬢の報告書に目を通す。たった一晩で作ったわりには必要な詳細が書かれていた。

「六番通りのパン屋に怪しいところはなさそうで、普通に人気店だよね。孤児で犯罪に関わっていたという線は薄いんじゃないかな。昨日は運が悪かっただけに思えるけど」

「ああ、私もそう思っている」

彼女からは犯罪に関わっている者の匂いがしない。紅茶色の目は澄んでいて、純真無垢《じゅんしんむく》に見えた。

もしもやましいことがあれば、あんなに真っすぐにレナルドを見つめないはずだ。

じっと見つめてきた目を思い出すと、胃の奥が落ち着かなくなる。こんな不快感は今まで経験したことがない。

レナルドはオリヴァーが淹れた紅茶に視線を落とす。

今朝から紅茶を見つめるだけでアリアを思い出しては、今なにをしているのだろうと気が気じゃなくなる。一体自分はどうしたのだろう。

――そうだ。もしもまたナイフを持っていたら大変なことになる。

厨房《ちゅうぼう》の扉を開けたら壁にナイフが刺さった。咄嗟に顔を背けたが、動体視力と反射神経が鈍っていたらナイフが頬《ほお》をかすめたかもしれない。

「……不安だ」

思わず紅茶を見つめながらぽつりと呟《つぶや》いた。

そんなレナルドに、オリヴァーは怪訝《けげん》な視線を向ける。

「君が不安に感じるほど、アリアちゃんから隠し事を感じるの？」

「違う、そうじゃない。彼女は恐らく嘘が下手な人間だ」

「ああ、うん。俺もそう思う」

「ただ昨日の一件と、今朝の厨房でナイフが飛んできた出来事を思うと、なんらかの問題に巻き込まれやすいんじゃないかと思ってしまう」

「待って、ナイフが飛んできたってなに？」

簡単に説明をしたら、オリヴァーは笑いだした。

「無意識に奇襲をかけたとか、逆に器用」

「今頃屋敷内で遭難しているかもしれない」

「まさか」

「掃除を手伝おうとして滑って転んで頭を打っていたらと思うと、仕事に集中できなくなる。どこかの部屋に入ってうっかり出られなくなっているかもしれない」

「いやいや、さすがに考えすぎでしょう」

そうだろうか。それならいいのだが、アリアのことを考えると今まで感じたことのないような焦燥感がこみ上げてくるようだ。

——わからん。このすっきりしない感情はなんだ？

「オリヴァー。お前、昔小動物を飼っていたな」

「実家で小型犬をね。それがなに？」

「子犬を置いて外に出たとき、そわそわしなかったか」

「ん〜？　したかもしれない」

なるほど、それだ。

きっと今、レナルドはその感情に近いものを抱いている。

「理由がすっきりした。ありがとう」

「待って？　成人女性と子犬を同列に扱うのはどうかと思うよ？」

「今頃なにをしているのか不安になるという点では同じだろう」

レナルドは今までなにかが気にかかって仕方ないという状況に陥ったことがない。

今朝の一件から、アリアがなにかやらかしていないかと心配になるのは仕方ないことだ。

——そうだ。別に私は彼女のことを王妃の言う天使だとは思っていない。

出会ったばかりの彼女を運命の相手だと信じているわけでもいない。未来の花嫁が夕暮れ時の橋の上から落ちてくるなど、王妃の適当な作り話だ。

「……しまった。叔母上に報告しないといけないのか」

まずは一週間、王都の橋に通いなさい！　と命じられた通り、レナルドは毎日夕刻になると王都中の橋を歩き回った。

地図で王都にある橋を探し、毎日一か所ずつ巡っていたのだ。

そして通いはじめて五日目の昨日。治安のよろしくない十番通りの橋に赴《おもむ》き、日が暮れるまで待機しようと思っていた。こんなところに女性がひとりで現れるわけがないと思いながら。

――まさか本当に頭上から女性が落ちてくるとは思わなかったが……。

最初に目に入ったのは、スカートから覗《のぞ》くアリアの健康的な脚だった。

女性が夫や恋人以外に脚を見せることはない。これまで親しい女性を作ったことのないレナルドにとって、スカートの中を見たのははじめてだった。

すらりとした脚に白い下着。そしてチラリと見えた腹部。

一瞬の出来事だったが、動体視力が良すぎるためはっきり覚えている。あの瞬間が目に焼き付いて離れない。

そしてほとんど無意識の動作で、アリアを隠すように己のジャケットを着せていた。

袖をぐるぐると巻き付けて、身動きができない彼女を横抱きにして馬車に乗せるなどうかしている。一緒にいたケビンが目を丸くさせていたのも無理はない。

――気が動転していたとはいえ、隠したいという気持ちはどこから来たんだ。

たった一日しか経っていないのに、これまで生きてきて感じたことのなかった感情に振り回されている。非常に腹立たしい。

「王妃様への報告はまだ保留でいいんじゃない？　下手に騒がれるのも困るでしょう」

「ああ、そうだな。もう少し様子見をしておこう」

すぐに報告したら相手に会わせろと言われそうだ。

「それよりも、レナルドには今日から定時で上がってもらうからね。夕食に間に合うように帰らないと、アリアちゃんがお腹を空《す》かせて待つことになるでしょう？」

「それはそうだが……」

「緊急な案件があれば別だけど、今はまだ余裕がある。それに上官が残業していると部下が帰りにくいんだよ」

そう言われてしまうと耳が痛い。

——そうか。私が帰らないと皆も帰れないのか。

仕事人間の自覚はあった。部下には遅くまで残らないようにと伝えていたが、遠慮されていたのかもしれない。

「わかった。今までは寝に帰るだけで味気なかったが、人を待たせていると思うと早めに切り上げなくてはな」

「そうそう！　そういうことだよ！　レナルドに人間らしい生活をさせるためにもアリアちゃんを世話係に任命したんだから。じゃあ今日はこれを片付けたら帰ってね」

急ぎの書類を優先的に片付けて、この日はいつもより早めに上がることにした。

——こんな時間に帰ったのは久しぶりだな。

普段の夕食も簡単なものでいいと告げていた。帰りの時間が遅いため、皆を遅くまで働かせたくはない。

帰宅後、レナルドは早くもアリアをひとりにさせたことを後悔した。

「お帰りなさいませ、レナルド様」

「ただいま、アリア。……その額のたんこぶはどうした？」

何故か今朝よりもボロボロになっている気がする。

アリアは両手で額を隠し、視線を彷徨《さまよ》わせた。

「いえ、ちょっとしたことがあっただけで」

「そのちょっとしたことが知りたいんだが」

一歩近づくと、アリアは一歩下がった。

なんとなくムッとする。今まで女性に逃げられたことはないというのに、何故避けられるのだ。

レナルドはすぐにアリアとの距離を縮めた。

「すべて白状しないなら今夜の食事を手ずから食べさせるが」

膝に乗せて給餌をする。それも悪くないかもしれない。

「うえっ⁉　すみません、遠慮します。説明します！」

そう拒絶されるとさらに面白くない。こちらの厚意を素直に受け取らない理由はなんだ。

――いや、私の方もどうかしている。

近づいたら避けられて、世話を焼こうとしたら拒否される。それが気に食わないと思う理由もわからず、レナルドは意識的に心を落ち着かせた。

「まずは食事にしよう」

食堂のテーブルに向かい合わせで座り、食事をとりながら今日の出来事を尋ねた。

アリアはわかりやすく困り顔をしている。眉毛を下げた顔は叱られることがわかっている子犬に見えた。

――頭を撫《な》でまわしたい。

違う、それは気のせいだ。

レナルドは自分の欲求を打ち消すように咳《せき》ばらいをした。

「あの……皆さんのお手伝いをしたかっただけなのですが、役に立てないどころか失敗ばかりしてしまいました」

「最初から完璧にできる人間などいないだろう。失敗から学べばいいが、なにが起こったんだ？」

大切なのは失敗を繰り返さないこと。そこから学びがあれば、失敗したって問題ない。

彼女は言いにくそうに時系列順に話しだす。

「まずは廊下の掃除を手伝おうとしたんですが、階段で躓いてバケツが飛んで周辺を水浸しにして、近くを通りかかった人たちも転倒しそうになって……あ、でも怪我人はいなかったのでご安心を」

結果モップは取り上げられたそうだ。アリアには向かなかったのだろう。

「次にレナルド様の衣装を衣装部屋に吊《つ》るそうとしたらポールが外れて雪崩が起きてしまって、危うく衣装部屋で遭難しそうになりましたが無事に救出されて無傷です。その後は浴槽を掃除しようとしたんですけど、何故か大量の泡が発生して泡塗《あわまみ》れになってしゃぼん玉がぷかぷかと……」

「もういい、わかった」

自分の目で見たわけではないのに、それらの光景がありありと浮かんで見える。

アリアの額にできたたんこぶは衣装部屋で遭難したときにぶつけたらしい。

なにがどうしてそうなってしまったのかがさっぱり理解できないが、自信を持って言えるのはアリアが不器用で危なっかしいということ。

――目を離した隙に事故に遭うんじゃないか？

まるで幼児のようだ。自分から無自覚に危険を作りにいっている。

屋敷の中にいたら安全だと思っていたが、屋敷の中にも危険が潜んでいたとは思わなかった。普通の人間なら平穏に暮らせるはずなのに、何故そんな目に遭うのかさっぱりわからない。

レナルドの中に焦燥感が生まれる。彼女は自分の目の届かない場所に置いておくべきではない。

――そうだ。目が届く範囲にいてくれたら安心だ。

「明日からは屋敷の手伝いは不要だ。君には別の仕事を与えよう」

「え？　なんでしょうか。私にできることってありますか？」

びくびくしている姿が庇護《ひご》欲を誘う。

うっかり手を伸ばしたくなる衝動を堪えて、レナルドは自分専任の食事係を命じた。

「私と食事を三食共にすることと、明日からは騎士団の方で君にもできる雑用をしてもらう」

「お屋敷にいなくてもいいのですか？」

「ここにいたら君は自分にできる仕事がないかと他の者に訊《き》くだろう」

それで仕事が倍に増えたら元も子もない。周囲の負担も増える。

――私が傍《そば》にいたら危険は回避できるだろう。

先回りをして予防するなど、まるで子供に対する配慮のようだ。

――仕方ない。これも皆のため、私のためだ。

「はい……ご配慮くださりありがとうございます」

しょんぼりする顔が可愛らしい。頭をわしゃわしゃと撫でたくなる。

――……可愛いだと？

成人女性にそのような感情を抱いたことなど一度もない。そもそも可愛いという感情を持ったこともない。今までなにかを慈《いつく》しんだことなどあっただろうか。

——おかしい。私もどうかしている。

自分の心が乱されているようだ。アリアを見ていると、今まで感じたことのなかった感情がこみ上げてくる。

「レナルド様？　大丈夫ですか？」

「っ！　ああ、問題ない。そうだ、君も酒を飲まないか。アルバート、女性が好む酒があっただろう」

「蜂蜜酒と林檎酒、それと貴腐《きふ》ワインもございます」

執事のアルバートにそれらを持ってこさせる。

ひとりのときは滅多《めった》に飲酒をしない。いざというときに動けないと困るからだ。

だが嗜む程度なら問題ない。それにアリアも成人しているのだから飲酒くらいするだろう。

「どれがいい？」と尋ねると、彼女は紅茶色の目を輝かせた。

「どれもおいしそうですね！」

——酒は好きなのか。いや、単に好奇心が刺激されているだけかもしれないが。

紅茶色の瞳をキラキラさせているのを見ると、もっとその顔が見たくなる。

なにが好きでなにを見たら喜ぶのか。そんな風に考える自分にハッとし、レナルドはアリアが選んだ貴腐ワインをグラスに注いだ。

「甘くておいしいです！」

「そうか」

しょぼくれていた顔がにこにこになった。彼女が子犬なら今は上機嫌で尻尾を振っているだろう。

——そうだ。きっとこれは子犬を愛でるような感情だ。

失敗に落ち込んで、おいしそうに食事をとって、喜びを露《あら》わにする。そんな素直な顔が好ましくて見ていて飽きない。

アリアは子犬。子犬はアリア。

呪文のように心の中で唱えながらグラスに口をつける。だが目の前の彼女と視線が合った瞬間、頭の中に描いていた子犬はどこかへ消えてしまった。

——おかしい。彼女を愛でてみたいと思うなんてどうかしている。

いささか甘すぎるワインを口にした。口内に広がる甘さは少し慣れない。

「……レナルド様は優しいですね」

「私が？」

「はい、ちょっと優しすぎて裏があるんじゃないかと思うくらい」

少々強引に保護をしている自覚はある。アリアを追っていた男たちが執念深い場合、また彼女が狙われる可能性もゼロではない。

だが自分の屋敷に泊まらせるというのはやりすぎだろう。王妃の占いがなければここまでのことはしなかったはずだ。

「裏があったらどうする?」

レナルドの問いに、アリアはグラスを持ったまま考えこんだ。

「それならそれでいいです。優しさの理由がわかった方がすっきりします」

にこにこと上機嫌で笑う顔がどこか切ない。

人の優しさには裏があることを知っている表情だ。

――彼女は伯爵家に引き取られても家族と馴染めていないんじゃないか。

腹違いの弟は寄宿学校に通っているが、多感な年頃だ。気まずい関係のままかもしれない。

もし近くにわがままを言える相手がいなかったら、彼女は伯爵家の中でひとりぼっちなのではないか。市井で自由に生きてきた時間を知っているだけに、貴族令嬢の生活は窮屈だろう。

気分転換に酒を薦めたのだが間違いだったかもしれない。

アリアは上機嫌で「おいしい」と連呼しているが、レナルドは無性にアリアに触れたくなった。

膝に乗せて抱きしめて背中を撫でて、彼女の寂しさを埋めてやりたい。誰かを甘やかすなんてしたことないが、きっと撫でたい、触れたいという欲求は、甘やかしたいという感情から来ているのだろう。

先ほどまでニコニコしていたアリアがいつの間にか静かになっている。

「アリア?」

彼女は空になったグラスを両手で抱えたまま目を閉じていた。

「アリア、寝ているのか」

声をかけるが応答はない。

どうやら酒に酔って眠ってしまったようだ。

──寝顔はあどけないな。成人しているようには見えない。

レナルドはそっと彼女の手からグラスを抜いてテーブルに置いた。ワインを二杯しか飲ませていないが、彼女には多かったのかもしれない。

──酒は弱いようだ。外では飲ませないように気を付けなくては。

眠ったアリアを抱き上げる。

昨日も感じたが、きちんと食べているのかと思うほど軽い。

ふわりと石鹼《せっけん》の香りがした。そういえば浴槽を掃除していたら泡塗れになったとか言っていたか。

——しかし何故そんな事態になるんだ。

しゃぼん玉と戯れる姿を想像すると少し愉快だ。これから石鹸の香りを嗅ぐたびにアリアのことを思い出すだろう。

客室の扉をそっと開く。起こさないようにアリアを寝台に寝かせた。

——服はどうするべきか。

こんなときに洋服の着替えを任せられるメイドがいない。

——やはり女性の身の回りの世話ができる人を連れてくるべきだな……って、ん？

クン、とシャツを引っ張られた。

よく見るとアリアがレナルドのシャツの胸元をギュッと握りしめている。

「アリア、離しなさい」

聞こえているのかいないのか。彼女はスヤスヤ夢の中。

無理やり指を外すことはできるが、そうすると起こしてしまうだろう。

自分の部下なら躊躇《ためら》いなく起こす……と考えて、そもそも部下が寝こけたら運ぶ前に起こしている。

——わからない。今まで女性と深く関わったことなどなかったから。

こういうときはどうしたらいいのだろう。相談できる相手がいない。

こんな風に密着されたら身体が落ち着かなくなりそうだ。そんな変化すら、レナルドにとってははじめてだ。

「ん……」

「……ッ！」

アリアの口から声が漏れた。その艶《あで》やかな声が妙に色っぽく響く。

「困った。君は私を惑わせる天才のようだ」

レナルドはアリアの横に寝そべった。酒を飲ませた自分がいけなかったのだと反省する。

丸みのある頬をそっと撫でる。うっすら色づいた頬は血色がいい。

頬だけではない。唇も桃のように淡く色づいていて、薄く開いた隙間に吸い寄せられそうになった。

ずっと触れたかった頭に触れた。起こさないように気を付けながら頭を撫でる。柔らかな感触が心地よくて、彼女に似合うリボンは何色だろう？　と無意識に考えてしまった。

——今まで女性にリボンを贈りたいなど考えたこともないのに……私はやっぱりどうかしている。

いや、リボンではダメだ。もっときちんとした髪飾りを選ぼう。

小さな唇に視線が吸い寄せられる。

恋人でもないのにここに吸い付きたいと思うなど、不埒《ふらち》な男ではないか。

意識のない女性への口づけなど虚《むな》しいだけ。騎士としてあるまじき行為だと思うのに、自分の存在を刻みたいとも思ってしまう。

「さて、どうしたものか」

アリアの隣に横になったまま、レナルドは眠れない夜を過ごす羽目になった。

◆
◆
◆

翌朝、アリアは目が覚めたと同時に違和感を覚えた。身体が自由に動かせない。

——ん？　あれ、私どうしたんだっけ……？

昨夜の記憶が朧《おぼろ》げだ。いつ寝台に入ったのかも思い出せない。

ぼんやりとしたまま目を開けて、そのまま思考が停止した。

「おはよう。よく眠れたみたいだな」

「……ッ⁉　お、おはよう、ございます」

寝起きに刺激が強すぎる美貌を目の当たりにして、アリアはふたたび瞼《まぶた》を閉じた。きっとまだ夢の中だ。

「こら、寝るんじゃない」と至近距離から囁かれる。その低音の美声も今は身体に毒である。

「起きないなら私の好きにするが」

「っ！　寝てません、起きてます！　え、なにがどうしてこうなってるんですか？」

「やはり覚えていないようだな」

レナルドは身体を起こした。アリアも同じく寝台に座る。

よく見ると自分は昨日のドレスのままだった。寝間着に着替えずに寝ることは滅多にない。

――私、レナルド様の前で失態をやらかしたんじゃ……。

十中八九、食後に眠ってしまったアリアを運んでくれたのだろう。そして何故か一緒に眠る羽目になったのも、アリアが巻き込んだからに違いない。

「すみません！　なんとなく予想がつきました」

「そうか。君が私を放してくれなくて添い寝をすることになったのも思い出したか」

「それは予想外でした」

必死に頭を下げた。添い寝も仕事の内だと言われた方が納得できる。

「あの、レナルド様は眠れましたか？」

おずおずと尋ねた。自分はぐうすか熟睡していたが、彼は大丈夫だろうか。

あまり表情が動かないため、レナルドの顔色を見てもよくわからない。寝起きだと言われれば納得するが、一晩中起きていたとしても驚かない。

「女性に寝台に連れ込まれて眠れるほど図太くはないようだ」

「意外ですね」

「意外？」

「いえ、間違えました！　繊細なんですねと思いまして」

――経験豊富かと思っていたけれど、そういえば女性とのうわさ話とか全然ないんだっけ⁉

アリアが知らないだけで、これまで数々の浮名を流してきたと言われたら納得するのだが、レナルドはその美貌をまったく活用していないようだ。

とはいえ、この顔と身体で女性と同衾《どうきん》がはじめてということもないだろう。

「思いがけず徹夜になった私からひとつ言わせてもらう」

「はい、なんなりと」

――て、徹夜させてしまったなんて心苦しい……。

身体が資本の騎士になんてことを。アリアはシーツに頭がつくほど顔を下げた。

「私の許可がないところで酒を飲まないように」

「はい！　……はい？」

それだけ？　と頭をコテンと傾ける。徹夜明けだというのに、どの角度から見てもレナルドの美貌に隙はない。

「……それだけかと言いたげだが、今はまだそれでいい。では後ほど食堂で」

「あ、はい。またあとで……」

パタン、と閉じられた扉を見つめる。

よくよく考えると、何故レナルドの許可が必要なのだ。

「んん～？」

この奇妙な同居生活がはじまってまだ三日目だが、彼はアリアに対して責任感のようなものを抱いているのかもしれない。

「まあ、いいか。今日は騎士団でのお手伝いを頑張ろう」

これは自立への一歩である。

もしもアッシュフィールド家の令嬢として嫁ぎ先がない場合は、アリアは職業婦人になるつもりだ。

お屋敷への奉公には向かないことを自覚しているが、騎士団での雑用は奇跡的に向いているかもしれない。

――書類整理とか、お片付けとか。

できることをひとつずつ見つけよう。そして次は周囲に迷惑をかけないように気を付けたい。

静かに気合いを入れて、この日は水色のドレスに袖を通した。

第三章

アリアがレナルドと共に騎士団に通いはじめて早くも五日が経過した。

朝食は騎士団の食堂でとるようになったため、屋敷での朝食づくりもなくなった。久しぶりにパンがこねられると思ったのだが、それはまたの機会にとっておく。

「おはよう、アリアちゃん。今日もよろしくね」

「おはようございます、副団長。本日もよろしくお願いいたします！」

「いつも元気でいいね。君が来てくれるようになってから、団長もちゃんと朝食をとるようになってよかったよ」

屋敷でも騎士団の食堂でも食べていなかったらしい。

――朝は飲み物だけで、よく体力がもつわね？

一日二食で賄えるのだろうか。団長ともなるとたまに王妃に呼び出されたり、会議以外では書類仕事が大半だが、それでも毎日の訓練と演習試合もある。

「朝ごはん食べないと頭に栄養も回りませんよ？」

差し出がましいと思いつつもレナルドに助言する。

「そうだな。腹は減ってなくても朝をきちんと食べた方が集中できている」

「そうでしたか。よかったです」

レナルドの口角がほんのり上がった。

あまり表情筋が動かないと思っていたが、彼を知るうちにわかりにくいだけだったのだと悟る。

「あ～ごほん。ではアリアちゃん、今日もケビンの手伝いをよろしくね」

「はい、よろしくお願いいたします」

従騎士のケビンは主にレナルドの補佐をしているが、雑用の手は足りていないらしい。

書類の仕分け等は機密事項もあるためほとんど関わることができないが、後回しになっている資料室の整理や、過去の報告書を日付順にまとめるようお願いされていた。

「書類は重いので無理しないでくださいね。棚に戻すのは僕がやりますので」

「そうですか？　でも私もこう見えて力持ちですよ」

「団長からも言いつけられてますから」

書類の雪崩を起こされたら二次災害になるということらしい。すでに衣装部屋でやらかしているので否定はできない。

「わかりました」

迷惑をかけるために手伝っているわけではないのだ。

相手の負担にならないように、アリアは自分ができる範囲まで手伝うことにする。

「あとで図書館へ本の返却もお願いしたいのですが」

「もちろんです！　そのくらいはなんなりと」

ケビンの執務机に本が三冊置かれていた。なにかの資料として使用したのだろう。

「ありがとうございます。図書館の場所はわかりますか？」

「はい、地図をいただきましたので」

手書きの地図はケビンが描いたものだ。場所を把握できるようにと、簡易な地図を作ってもらったのだが、王城の敷地は広いため重宝する。

——手早く地図が描けるなんて、ケビン様って優秀よね。

わかりやすい箇所のみを描いたものだが、細かすぎると逆に混乱する。

「急ぎの用事がないようでしたら、今のうちに行ってきますね」

「よろしくお願いします」

レナルドにも図書館に向かうと告げた。

なにか言いたげな顔をされたが、「わかった。気を付けるように」とだけ声をかけられた。

本を落とさないようにバスケットに詰めて図書館を目指す。地図には現在の位置を示してあるので、それに従って進めばいい。

「三時の方向へ行ったらいいのよね。簡単だわ」

道に迷ったら人に尋ねればいい。万が一立ち入り禁止の場所に迷い込んだとしても、その前に声をかけられるはずだ。

徒歩十分ほどで到着すると思っていたが、歩いても歩いても辿り着かない。

アリアはふたたび地図を開いた。もはや現在地はどこだろうか。

「おかしいわ。これの通りに歩いていたはずなのに……」

もしかして迷ったのだろうか。まさか地図を逆さにして見ていたなんてことは考えたくはない。

「誰か人はいないかしら……」

きょろきょろ見回しながら人の気配がする方向へ向かう。どこからか話し声が聞こえてきた。

――ここって温室？

中を覗くとほんのり暖かい。色とりどりの花が咲いていた。

その奥から声がする。管理人がいるならちょうどいい。

「あの……」と声をかけた直後、アリアは口を閉ざした。

チラリと見えたのは明らかに高貴な身分の婦人だ。庭師でもメイドでもないだろう。

――私が入り込むのはまずいかもしれない！

咄嗟に踵《きびす》を返す。

だが一足遅く、アリアの姿を見られてしまった。

「あら？　そこにいるのはどなた？」

「っ！」

温室の奥から声がかけられた。ここで逃げるのはよろしくない。

「申し訳ございません……お邪魔しました」

アリアは咄嗟に頭を下げた。できれば気づかれないうちに去ってしまいたかったが仕方ない。

――こういうときってどうしたらいいんだろう？

もっとしっかり貴族のマナーを学んでおくべきだった！　と後悔するが遅い。一番身近にいる貴族の婦人はアリアの継母くらいで、あまり私的な会話をしてこなかった。

「あなた、こちらへいらっしゃい」

「は、はい……っ」

婦人の声に従い温室の奥へ進む。中はサロンのようで、開けた場所になっていた。

――わあ、薔薇《ばら》がすごい。

芳しい香りは薔薇の匂いだった。淡く色づくピンクの薔薇は一輪でも存在感がある。

「あなた、見ない顔ね。どちらの令嬢かしら？　……まさかあなたが？」

「え？」

「そうよね。レイヴンズクロフト団長の天使よね⁉」

「はい？　天使？」

先ほどから戸惑いの声しか出せていない気がする。

――天使とは……？

だがその前に、目の前の婦人は王妃ではないだろうか。

特徴的な金の髪に青い瞳。レナルドと同じ色を持つ高貴な女性は、どことなく彼と面影が似ている。

アリアの背中に汗が垂れる。王妃のお茶会に邪魔をしたと彼が知ったら頭を抱えるかもしれない。

――どうしよう。なにを訊かれても答えていいのかわからない……。

彼女のはしゃぎようを見ると、挨拶を交わしてさようならとはいかないようだ。

「まあまあ！　ようやく会えたわ！　あの子ったら、私に紹介してと言っても頑《かたく》なに拒むんですもの。近日中に突撃しようかと思っていたのだけど、あなたの方から近づいて来てくれてよかったわ～！」

「は、はい……」

さあ、座って！　と、着席するように言われてしまった。

ここで拒むことができるほど、アリアは豪胆ではない。

「レイチェル、彼女にもお茶を。甘い物はお好き？」

「はい、大好きです」

がちごちに固まってしまう。やはりこの場にメイドを引き連れてお茶を楽しめるのは王妃で間違いがなさそうだ。

――図書館に本を返却するだけの予定が、とんでもないことになってしまったわ……。

「お熱いのでお気を付けください」と目の前に紅茶が置かれてしまった。最後まで飲み干すのが礼儀だろう。

「ありがとうございます。いただきます」

そっとカップを持ちあげる。だが王妃の前でフーフーと冷ますのはいかがなものか。

――わからない！　なにもかもわからないわ……！

猫舌が恨めしい。こんなことになるなら優雅にお茶を堪能する訓練を受けておくべきだった。

「それで、お名前を窺ってもいいかしら」

にこやかな笑顔で王妃が問いかけた。

アリアはカップをソーサーに置いて名乗る。

「アリア・キャロライン・アッシュフィールドと申します。急にお邪魔して申し訳ございません」

「いいのよ、ちょうどひとりで退屈していたところだったの。あなたはアッシュフィールド伯爵家の令嬢ね」

「はい、そうです」

「こんな可愛らしいお嬢さんがいたなんて知らなかったわ。今はおいくつ？　未成年かしら？」

「いいえ、成人してます。十八歳です」

去年社交界デビューを果たしていることを告げた。

「そう！　社交界デビューもしている十八歳なら問題ないわね」

王妃はうれしそうに両手を叩《たた》いた。なにが問題ないのか追及するべきかどうかは判断できない。

——とりあえずお茶をいただこう。

そろそろちょうどよく冷めた頃だろう。カップに口をつけると、猫舌のアリアでも飲める温度になっていた。

「それで今日はどのような用事でこの辺に？　もしかして迷い込んでしまったのかしら」

「っ！　そうなんです。今は騎士団で少々お手伝いをさせていただいているのですが、本の返却を頼まれて図書館へ向かっていたはずなんですけど」

ケビンが描いた地図を見せた。温室とは真逆の方向だった。

「地図を逆さまにしていたみたいです……」

道を尋ねようと思い、温室を覗いたと答えた。

「そうだったのね。私も地図は苦手なのよ。でもこれ、よく描けているわね。それぞれの特徴を捉えていて。これを描いた人は優秀だわ」

「騎士団長の従騎士をされているケビン様にいただきました」

近衛に在籍しているのだからきっと面識はあるだろう。

「ああ、ケビンね！　あの子も若いのに優秀よね。本来なら年が近い者同士との縁を勧めたいところなのだけど」

王妃にじっと見つめられる。

理知的な青い目はレナルドの色と酷似していて、彼に見つめられているかのような錯覚を覚えそうになった。

──美女に見られるのって緊張するわ……。

笑顔のまま固まっていると、王妃が声を潜めて告げる。

「でもね、年上の男性というのもいいものよ？」

「……はい？」

「同年代にはない包容力があったり甘えられたり、多少わがままを言っても許してくれる寛容さもあるわ。もちろん相手によるけれど。あの子は一見ちょっとわかりにくいけれど紳士的で女性に優しくて、きっとたっぷり甘やかしてくれると思うのよ！」

ギュッと両手を握られた。王妃の気迫に押されそうになる。

「あの子とは……？」

「私の甥っ子のレナルドのことよ」

笑顔で断言される。アリアは困惑した。

――もしかして団長を薦められている？　なんで？

恋人同士でもなければ深い仲にもなっていないのに……と思ったが、一晩中添い寝をしてもらったことを思い出す。不可抗力とはいえ、寝台に引きずり込んだのは自分だ。

「きちんとあなたの口から確認していなかったけれど、夕暮れ時の橋の下で出会ったのよね？」

「え？　ええ……そうですね。私が橋から飛び降りたときに団長が受け止めてくれて」

男たちに追われていたことまでは言わない方がいいだろう。余計な憶測を生んでしまう。

「やっぱり！」と王妃が興奮気味にアリアの両手をにぎにぎしてきた。なにかが彼女を刺激したようだ。

「それで一緒にいてどうかしら？　なにかドキドキしたりムズムズしたり、もっと近づきたくなったりは？」

「えっと、あの……」

なんて答えるのが正解なのだ。

アリアが視線を彷徨わせていると、温室に誰かが入って来た。

「失礼します。叔母上、彼女になにを？」

「あら、保護者が来ちゃったわ」

そう言いつつも王妃はアリアの手を放さない。なにやら面白そうに第三者、レナルドを見つめている。

「やはりここに迷い込んでいたか」

「すみません、レナルド様。あの、私……」

「君を咎めるつもりはない。なにがあったのかはおおよそ予測がつく」

それもそうだろう。王妃のお茶会に強制参加させられている状況を見れば、アリアが話し相手にならざるを得なかったことなど。

「それで、いつまで彼女の手を握られているつもりですか？」

レナルドの苦言を聞いた王妃は渋々アリアから手を放した。

「若い子の手ってすべすべで艶々でふっくらしてて、つい気持ちよくて」

「彼女の手の感想を聞いているわけではありませんが」

「あら、ごめんなさい？　あなたはまだ手も握っていなかったのね」

「手などとっくに握っているに決まっているでしょう」

――えっと……なにこの応酬？

自分を挟んで会話をしないでほしい。居たたまれなくなってしまう。

「そう、手はとっくに握っているのね」

王妃が意味深に微笑みながらカップに口をつけた。レナルドの表情が僅かに動いたが、彼女の発言に返事をするつもりはないらしい。

「アリア、迎えに来た。行くぞ」

「あ、はい。すみません、わざわざ」

「気にしなくていい。では叔母上、失礼します」

アリアが立ち上がったと同時に手と腰を取られた。

――ん？

ほとんど抱きかかえられるようにその場から連れ去られてしまう。

「今後の進展に期待しているわ～」

王妃の声が遠ざかる。アリアはなんとか振り返って頭を下げることしかできなかった。

温室を出ると、レナルドに手を握られた。

手袋越しのため彼の体温を感じることはない。

「すまなかった。王妃になにか不快なことを言われてないか？」

「いいえ、まったく！　楽しい時間を過ごせました」

――なんとかバスケットを持ち出せてよかった！

あの場に返却予定の本を置きっぱなしにしたら、また取りに行かなくてはいけない。アリアに依頼したケビンにも迷惑をかける。

「それでは私は図書館に向かいますね」

「わかった。一緒に行こう」

手が解放されない。むしろレナルドが案内役になるようだ。

「あの、レナルド様は忙しいですよね？　私の雑用に付き合っていたら私がいる意味がないと思うのですが……」

「そんなことはない。私も気分転換に散歩くらいしている」

――そうなんだ？

ずっと執務室にこもりがちだとよろしくない。副団長のオリヴァーに、外の空気でも吸って来いと言われそうだ。

――わざわざ来てくれたのはありがたいけれど、私がここにいる意味ってない気がするわ……。

自宅を離れて一週間が経過する。ずっとこのまま騎士団に身を寄せているわけにもいかないだろう。

「私、レナルド様の仕事を増やしてませんか？」

「そんなことはないが」

「自分が足手まといだという自覚はあるんです。至らない点が多くて皆さんの負担を増やしていると……せめて雑用を引き受けたら楽になるんじゃないかと思ったんですけど、逆に負担が増えるならいない方がいいですよね」

「アリア、私はそんな風には思っていない。だが君が不安だと思うなら、それを他の者にも聞いてみたらいい」

「え？」

「少なくとも私は君が傍にいてくれた方が安心する」

――安心……。

その感情にはどんな意味が込められているのだろう？

――私が目の届く範囲にいたら、なにかの事件に巻き込まれる心配がないから？

ちょっとした取引現場をチラッと目撃しただけで、それほど重大な事件に巻き込まれるとは思えないが。レナルドたちは他にもなにかを警戒しているのだろうか。

「アリア、図書館はこっちだ」

「は、はい」

レナルドはアリアと歩幅を合わせて歩いてくれる。

そんなささやかな気遣いに気づき、王妃の言葉を思い出した。

——うん、レナルド様は紳士的で優しいわ。包容力というのも多分あるんだと思う。

それがどういうものなのかはよくわからないが、守ってくれそうという感覚ならしっかりあった。

彼の傍にいると、包み込んでくれるような安心感も得られる。手の体温を感じられないのが少し寂しい。

——って、それじゃあ私がレナルド様に触れたいみたいじゃない！

今のはなしだ。体温を感じたいなどと思ってはいない。

「アリア？　すまない、速かったか」

「いいえ！　そんなことは！」

「だが顔が少し赤い」

「……っ！」

手袋越しに頬を撫でられた。その瞬間、アリアの顔に熱が上がった。

——直接触れられていないのに変に意識したから……！

目の前に迫る美貌も目に毒すぎる。

「具合が悪いんだな？　すぐに医務室へ行くぞ」

「え？　ちが……違います、待って！」

レナルドはアリアを抱き上げて全速力で走りだした。

「ひゃあ！」

振り落とされないように咄嗟にレナルドの首にしがみつくと、さらに強く彼に抱きしめられた。

「待って、お願い止まって……！」

近衛の騎士団長が女性を抱いて全力疾走していたという噂が王宮内を駆け巡ったが、幸いアリアの耳に届くことはなかった。

◆◆◆

——なんだか長い一日だったわ……。

日が暮れる頃にはすっかりヘロヘロになっていた。レナルドは少々アリアに対して過保護すぎではないか。

医務室にて診察を受けさせられたがどこも異常はなし。

当然の診断結果なのだが、レナルドは一度で納得しなかった。

『私が触れようとすると彼女の熱が上がる』と真顔で医師に言いだしたときはどうしよう

かと思ったくらいだ。そんな状況は見飽きているのではないのか。

——レナルド様ほどの美男子に触れられたら顔が赤くなるのは当然だと一蹴されていたけれど。あの方はご自身の容姿に自覚はないのかしら。

あれほど社交界で騒がれているのに？　と思わなくもない。

未婚の騎士団長かつ次期公爵で王妃の甥だ。そして絶世の美男子ともくれば、誰もが彼とダンスを踊りたいと願うほど。婚約者の座を狙う令嬢も未亡人も少なくはない。愛人候補も山ほど出現することだろう。

そしてアリアが執務室に戻った後、彼に言われた通り他の団員にも尋ねてみた。自分は足手まといではないかと。

はっきり認めることはできなくても、言いにくそうに言葉を濁されたら潔《いさぎよ》く辞めようと思ったのだが。アリアの予想に反して全力で否定された。

『団長が人間らしい生活を送れるようになった功績を自覚していないんですか！』

『あの人、誰よりも遅くまで仕事して朝は一番に仕事を開始してるんですよ。仕事中毒の化け物なんですよ』

『食事を忘れがちなだけでなく睡眠時間だってちゃんと確保できているのか心配でした』

『それにアリアさんがいるおかげで自分たちは早く仕事を切り上げることができます！』

足手まといだなんて思っていないと全力で否定されて、アリアは唖然《あぜん》としてしまった。

――完璧に見える騎士団長にも欠点ってあるのね……。

夕食の席に着いて、子羊のローストを優雅に食すレナルドを見つめる。

アリアがいるから規則正しい生活を送っているが、部下たちに心配されるほど私生活に無頓着だったとは信じがたい。

――でも一緒にいるだけで世話係ができているとは思えないわね。

いっそのこと侍女にでもなろうかと思うが、レナルドの仕事が増えるだけに思えた。むしろ彼の方がアリアの面倒をみそうである。

「どうかしたか。食が進んでいないようだが」

「いえ、なにも！　今夜の食事もおいしいです」

「そうか。口に合ってよかった」

彼の口角が僅かに上がった。

その柔らかな表情を見ていると、なんだか胸の奥がギュッとする。

――お腹の奥で小魚が泳いでるみたいな感覚だわ……。

不快ではないけど落ち着かない。ソワソワする気持ちが一体なんなのかわからず、アリアは会話を続けることにする。

「レナルド様は好きな食べ物はありますか？　食事の献立などで」

「好きな食べ物か。特に思いつかないが、出されたものはすべて食す」

なんとも彼らしい回答だ。前菜からデザートまで、目の前に出された食べ物を淡々と食事している光景が浮かぶ。

「では魚と肉料理なら？」

「どちらも好きだな」

「甘い物と辛い物なら」

「適度なものを好む」

甘すぎず辛すぎないものと言われ同意する。アリアも同じである。

「では苦手な食材はありますか？　食べられるけど、あえて自分から食べたいとは思わないものなど」

味や食感が苦手なものくらいはあるだろう。

レナルドはしばし考えて、「食感がぐにゅぐにゅしているもの」と答えた。

「ぐにゅぐにゅですか？　嚙《か》みきれない食べ物とか？」

「そういう類《たぐ》いのものだな。肉の内臓の煮込みとかは正直得意ではない」

口の中にずっと残るものが苦手だそうだ。地方に行くと内臓の煮込みは郷土料理で有名である。

「なるほど。じゃあもし苦手なものが出されたら私が代わりに食べますね！」

「君は苦手なものはないのか」

「私はなんでも好きですが、強いて言うなら……冷めたご飯でしょうか。食事は温かいうちに食べた方がおいしいので」

それにひとりで食べるより誰かと一緒がいい。

こうして話しながら食べる食事はなによりおいしく感じられる。

──伯爵夫妻との食事が嫌いだったわけではないけれど。

他愛《たあい》ない会話を楽しむ雰囲気ではなかった。どこかいつも遠慮をして、気遣いを忘れないようにしていた。

夫妻がアリアに辛く当たったことは一度もないが、アリアが彼らに甘えたことはない。

レナルドは食後のお茶を味わいながら頷いた。

「確かに食事は温かいうちに食べた方がうまいな」

「はい。ですからレナルド様も、私がいなくなってもきちんと食事の時間は守って食べてくださいね」

当然のことを言っただけ。

だがアリアの発言を聞いた途端、彼の顔から表情が消えた。

──え？

その変化にアリアの方が驚いてしまう。なにか変なことを言っただろうか。

「あの、レナルド様？　お顔が怖いですが」

「……すまない。君がいなくなると言うからつい」

「ずっとお世話になるわけにはいきませんから。それに、そろそろ帰っても大丈夫か訊こうと思ってました」

いい加減一度は伯爵家に戻っておきたい。ここには最低限必要なものしか持ってきていないのだ。

――これ以上長居するのもね……レナルド様に良からぬ噂が立ってしまったら困るもの。自分のことはどうとでもなる。

家の利益のために結婚しろと言われたら従うつもりだが、特に不要だと言われれば伯爵家を出て働くつもりだ。

――せっかく王妃様と知り合えたのなら、貴族令嬢が職業婦人になる道を尋ねておけばよかったかも。

もしかしたら助言を得られたかもしれないが、いきなり尋ねるのは不躾だ。

「君は伯爵家に戻りたいのか。必要なものは揃《そろ》っているはずだが、足りないものは遠慮なく頼ってほしい」

アリアの部屋にはレナルドがどこからか仕入れてきた着替えも揃っているが、さすがに理由もなく受け取れない。寝間着は使わせてもらったが、普段着用のドレスなどは衣装部屋に吊るしたままだ。

「それとも荷物を取りに行きたいというなら、護衛をつけて取りに行かせることならできるが」

「いえ、そこまでしていただかなくても大丈夫ですから。私ひとりで行けますので」

「ダメだ」

そう否定されるとアリアも少々ムッとする。

「レナルド様、ダメだけじゃわかりません」

「……すまない、ただの私のわがままだ」

素直に謝罪された。

わがままだと認められると、それ以上追及できなくなった。

「私が君を目の届くところに置いておきたいんだ。君が成人した女性だということはわかっているんだが、どうも落ち着けない」

アリアをひとりでいさせたら、なにをしているのか不安になるということらしい。

確かにいろいろやらかしている自覚がある。心配は杞憂《きゆう》だと言っても説得力に欠けるだろう。

——私がもっとしっかりしていたらこんな風には思われなかったのかな。

自分ではしっかりしている方だと思っているが、同じくらいうっかりしていて困る。

何故か間が悪いのも生まれながらの性分というやつかもしれない。

妙な空気が流れたまま食事を終えて、アリアは寝室へ届けられた。

「おやすみ」と就寝前の挨拶をされた後、閉じた扉をしばらく見つめ続けていた。

――全然寝付けなかったわ。

いつもは毎晩夢も視ずに熟睡しているが、昨晩のことが気になり一晩中考えてしまった。

客観的に見て、曖昧な理由でレナルドの屋敷に住まわせてもらっているのは非常によろしくない。

保護というのも念のためでしかなく、騎士団長の世話係という名目も少々弱い。

いっそのこと正式に雇ってもらえたらいいのだが、アリアは自分の能力の低さを知っている。有能なメイドになれる素質がないため、役に立てることと言ったら毎朝焼きたてのパンを作れるくらいだ。

「でもパンを作るだけなら住み込みの必要性もないのよね」

朝と晩用に焼いたらおしまいだ。その他にも手伝えることがあればいいが、迷惑をかけずにできるものとなると、いい案は思いつかない。

「体力には自信があるんだけど」

下町育ちのおかげで逞しく育ったからか、アリアは滅多に風邪をひかない。

それに朝も強くて目覚めはすっきりしている。早朝から働くことも可能だ。

「たとえば番犬のお犬様たちに餌をあげる係とか？」

遠目からしか見たことがないが、番犬は五、六匹いるようだ。夜中は庭に放し飼いにしているとか。匂いを覚えさせれば敵意を向けられないらしいが、犬がアリアに懐《なつ》くまでは時間がかかりそうだ。

今のレナルドの状況は、世間的に見たらあまりよろしくないはずだ。

彼は身分も社会的地位も高い人なのだ。多くの者が注目している中で、婚約者でもない成人したばかりの伯爵令嬢を連れ込んでいると知られたらレナルドの婚期が遠ざかってしまう。

「よし、はっきり言おう。私は明らかにレナルド様の邪魔になっていると」

騎士団長の将来を潰《つぶ》したくない。それに今ならまだ、彼の傍から離れても傷は浅く済みそうだ。

――……浅く、とは？

今、気づかなくていいことを考えてしまったかもしれない。

これではまるでアリアがレナルドの傍を離れがたいと思っているようではないか。

「違う違う、そんなことは決して！」

名門公爵家の嫡男で近衛の騎士団長という輝かしい経歴を持つ人と、下町育ちの伯爵令嬢なんて釣り合うはずもない。

分不相応なことを考えるべきではないと思いながら、アリアはいつものドレスに着替えた。

「レナルド様、はっきり申し上げて私の存在って邪魔だと思うんです」

「……は？」

馬車に乗り込んだ直後のことだ。

あまり感情を見せないレナルドが珍しく硬直した。

「一晩考えてみて、やっぱりその結論に思い至りました。騎士団長が成人したばかりの伯爵令嬢を屋敷に住まわせているというのは外聞がよくありません。きちんとした名目もないですし、私をメイドとして雇っているというのも無理がありますから」

だからそろそろ終わりにしよう。

そうアリアが告げた直後、真向いに座っていたレナルドの手がアリアの身体を抱き寄せた。

「わっ！」

ぼすん、と彼の身体にぶつかった。

そのままレナルドの膝に座る。腰には彼の腕が回った。

「急になにを……！」

「私の元から離れたいなどと言われたら、離れられなくさせてやりたい」

――はい⁉

昨夜からどうもレナルドの発言が怪しくないか。

まるで抱きしめられているかのような体勢が落ち着かない。いや、まるではなく少し腕に力を込めたらアリアの身体はレナルドに押し付けられるだろう。

「あの、レナルド様？」

「名目がほしいなら授けよう。誰かに訊かれたら私の婚約者だと言えばいい」

「は……？」

ぽかん、と口を開いたままレナルドを見上げた。

婚約者とは、まさか彼と自分のことだろうか。

「いや、そんな嘘をつくことはできな……」

「もうとっくにアッシュフィールド家の当主からは許しを得ている」

「え？」

「時期を見て話そうと思っていたんだが、婚約の打診をしていた。伯爵からは、君が望んでいるなら婚約を認めるとの回答を得ている」

初耳どころの話ではない。一体いつ、レナルドは打診していたのだろう。

「えっと、いつの間に……？」

「君と暮らしはじめて三日目くらいだな」

「そんなに早く⁉」

――まったく気づかなかった！

アリアはレナルドの膝から下りることも忘れて彼の顔を食い入るように見つめた。

この美しい人が自分の旦那様に？

冷静に考えるも、現実的にあり得ないと思ってしまう。

「いやいやいや、どうかしてますって。だって私ですよ？　趣味が悪すぎませんか！」

「アリア、いくら君でも好きな女性を貶《けな》されたくはない」

「っ！　す、好きな女性って……！」

この場合、それを指すのは自分しかいない。アリアの顔がじわじわと赤く染まる。

「でも、私とレナルド様じゃ釣り合わないですよ」

「年齢のことを言っているのなら、これぱかりは仕方ない。世代が違うと言われてしまえばそれまでだが、同年代の男にはない魅力を最大限伝えていくつもりだ」

なにそれ怖い。

本音を飲み込んで、アリアは「そうじゃないです」と告げる。

「私はアッシュフィールド家の正妻の娘ではないです。私生児というやつで産まれも育ちも王都の下町ですよ？　由緒正しいレイヴンズクロフト公爵家のレナルド様の相手には相応《ふさわ》しくありません」

「相応しいかどうかは私が決めることだ。周囲の反対など些末《さまつ》なもの。それに君がアッシュフィールド伯の娘であることに変わりはない」

身分の低い者が貴族の養子となり、釣り合いのとれる貴族に嫁ぐことも珍しくはない。正妻の娘ではなくても、伯爵令嬢が公爵家に嫁ぐことも無茶な話ではないのだ。

――そりゃあ、公爵家から打診を受けたらお父様は認めざるを得ないけれど！

本人の意思に任せると言ってくれた。それはなんだか父親としての愛情を感じられてむずがゆい気持ちにもなる。

「アリア、正直な気持ちを聞かせてほしい。私のことは嫌いか？」

「っ！　ず、ズルくないですか、その言い方」

「確かにズルいな。すまない。どうやらほしいものを手に入れるためには、なりふり構っていられないようだ」

ほんのりと笑った顔も魅力的だ。からかうような表情もよく似合う。

そんな顔で多少ズルくもなると言われたら、アリアの心臓もギュッと収縮した。

「君が私との婚約に頷いてくれたら、この婚約は成立する」

「……っ、で、でもちょっと急すぎて、信じられないと言いますか」

「なにがだ？」

「レナルド様が、私をその……す、好き？　という」

——本当に？　都合のいい夢じゃなくて⁉

仕事のためにそんな嘘をつくような人ではないだろう。数日一緒に過ごしていただけで十分彼の人となりをわかっている。

——レナルド様が誠実な人だというのはわかっているけれど！

好かれる理由が見当たらない。一体自分のなにがよかったのだろう。

「疑問形なところが気になるが、そうだな。どうしたら気持ちを証明できるだろうか」

彼はふむ、と考えこんだ。その間も両腕で背中を抱き寄せられる。

「君は私のことを嫌いではないんだな？」

「もちろんです！」

嫌いだとは思っていない。好きだと言われて戸惑いはあるが、こうして密着していても嫌悪感《けんお》はないのだ。

「なるほど。でももしも嫌だったら遠慮なく引っぱたいていい」

「はい？　……ンッ！」

後頭部を引き寄せられて、唇が合わさった。

目を閉じることも忘れてレナルドと視線がぶつかる。彼もアリアを見つめながら口づけていた。

――え、ええ⁉

視線が交差したまま体温を共有する。柔らかな唇の感触が生々しい。薄く開いた隙間に彼の肉厚な舌が入り込んだ。

「ふぁ……ッ！」

恥ずかしさのあまり目を閉じた。

視界が閉ざされるとすべての神経がレナルドへ向かってしまう。

――き、キスってこんなに粘膜接触をするのー⁉

話に聞いていたのと違う。唇がそっと重なるだけじゃなかったのか。

逃げる舌を追いかけられて、彼のものと絡め合う。くちゅり、と響く淫靡《いんび》な唾液音がアリアの羞恥を煽《あお》った。

「んぅ……っ」

――お腹の奥がじんじんする。なに、この疼《うず》き……？

身体の中心が熱い。レナルドとのキスは頭の芯を痺《しび》れさせた。

唇が解放されたのは馬車が停まった後だった。

「伝わったか？　私の気持ち」

レナルドの唇が赤い。唾液で濡れて、見るだけで刺激的だ。

「ふぇ……」

唇の端を伝う唾液を指先で拭われた。そのまま彼はぺろりと舌で舐《な》めとった。

「――ッ！」

「アリア、私と結婚してほしい。もし拒絶するならこのまま屋敷に戻るか」

「も、戻ってなにを……」

「キスだけでは伝わらない気持ちを存分に受け取ってもらおうと思う」

情欲に濡れた瞳がアリアの身体を震わせた。

既成事実を作ろうと言われているのは気のせいではないはずだ。

多分今、究極の二択を迫られている。

――ここで婚約に頷くか、身体から落とされるか……！

前者なら時間稼ぎができるだろう。アリアはレナルドに好意はあっても、恋愛感情があるかどうかまでは自覚していない。

「し、します！　婚約っ！」

「そうか。少し残念だが、頷いてくれてよかった。ではすぐにでも結婚できるように進めよう」

額にキスを落とされた。アリアはしばし呼吸を忘れる。

腰が抜けた状態では馬車を降りられなくて、アリアは半ばレナルドに抱き寄せられたまま彼の職場へ向かうことになった。

第四章

——妙なことになったわ。

アリアは数歩離れた先で自分を見つめてくる婚約者に意識を向ける。

たった数時間前に婚約に同意しただけで、まだ正式な手続きはしていない。現時点では婚約予定のふたりだ。

まさか出会って一週間ほどで誰もが羨《うらや》む騎士団長に求婚されたことが信じられない。

思い返すとそれなりに波乱な人生を歩んできたが、下町育ちの伯爵令嬢である自分がこんな大物を釣り上げるとは夢にも思わなかった。

——人生はなにが起こるかわからないとはよく言ったものだけど、本当にわからなすぎる……。

きっと実の母が生きていたら、『わからないから楽しいんじゃない』と笑うだろう。アリアの母はどんな状況でも楽しみを探す天才だったのだ。

「アリアさん、脚立《きゃたつ》は危ないので僕がやりますから」

「え？　いえ、でもたった二段しかないですし大丈夫ですよ？」

脚立と言っても踏み台に近い。木製の小型のものはアリア用にわざわざ用意してもらったものだ。

「万が一転んだら大変です。打ち所が悪かったら大けがに繋がりますから」

手にしていた資料をケビンに横取りされた。上段の棚に戻すだけの簡単な作業だが、それすら仕事を取られてしまった。

――私、不要では……？

なんだかこれまで以上に気遣われている。

資料室の扉は開きっぱなしにしている。レナルドの執務机から資料室の中が覗けるように模様替えをしたばかりだ。レナルドがアリアの様子を確認したいからという理由らしいが、これを過保護と呼んでいいのだろうか。

――ううん、ちょっとやりにくいかもしれない。

彼が机から視線を上げたらアリアの様子がわかる。まるで子供に危険がないかを気にする親心としか思えない。

薄々レナルドの好意に勘付いていた騎士たちも、急な模様替えやアリアへの態度の変化に驚きを隠せないでいた。

馬車の中でアリアの言質を取った後、レナルドは早々にオリヴァーとケビンにアリアとの婚約を発表した。近くを通りかかった団員たちの口から情報が漏れて、あっという間にふたりの関係は公認のものとなった。

正直、まだ戸惑いの方が強いので盛り上がりすぎないでほしいのだが、彼らには届いていない。

――婚約と言っても、正式な手順を踏んでいないから口約束をしただけなんだけどね……？

とはいえ、よほどのことがない限りレナルドとアリアの婚約は覆らない。レナルド側が婚約の解消を申し出たらすぐにでもこの話はなかったことになるだろうが、アリア側から解消を求めるのは不可能に近いだろう。

――急に婚約と言っても、私は恋愛的な意味でレナルド様が好きなのかな……？

時系列順に資料を整理しながら考える。

レナルドのことは嫌いではないし、触れられても嫌悪感はない。突然のキスには驚いたが、あんな濃厚なものをされても嫌だとは思わなかった。

たとえ地位や身分がなくても、レナルドの魅力はたくさんある。文句のつけようのない容姿はキラキラと眩《まぶ》しくて、少し微笑むだけで周囲の女性の心を奪うことができそうなくらいだ。

――見た目はすごく素敵だと思うけれど！　でも人間は中身が大事よね。

紳士的で優しくて、気遣いができて用意周到。

行動が早くてアリアがぼんやりしている間にすべてのことが終わっていそうだ。囲い込むのが得意と言われれば納得する。

――あれ、途中から悪口になっているような……？

とてもではないがアリアがやりこめる相手ではない。むしろ何故レナルドはアリアのことを気に入ったのだろう？　と思いたくなる。

彼との婚約が嫌だとは思っていないが、急すぎて驚きの方が強いのだ。もう少し落ち着いて考える時間がほしい。

手に着いた埃をはたいて資料室から出た。すぐにレナルドの視線に気づく。

「アリア、どこへ行く」

「……ちょっと、お手洗いに」

「わかった。ついて行こう」

「え？」

「入口で待っている」

当たり前のように言われて、アリアはオリヴァーに助けを求めた。

「副団長、しばらく団長を見張っててください！」

「どうしたの？　アリアちゃん。カルガモ親子ごっこはもうおしまい？」

「それ逆ですよね？　私が団長に付きまとっているようじゃないですか」

付きまとわれているのはこちらである。

アリアの返しに、オリヴァーは「確かに」と笑った。

「団長を見張っているのはいいけど、アリアちゃんはどこへ？　ひとりで迷子になられたら我々も困るから」

遠くに行くならまだしも、少し部屋を離れるだけである。

アリアは羞恥に震えそうになりながら「お手洗いに行くだけです」と答えた。

「え……団長、用を足しに行くのもついて行く気だったんですか……？」

ケビンの引いた顔に全力で頷くと、オリヴァーがレナルドの肩にポンと手を乗せた。

「うん、それはやりすぎ」

「化粧室の中にまでは入らないぞ」

「入口で待たれるのも嫌でしょう、普通。アリアちゃん、ごゆっくりどうぞ」

「……この状況でゆっくり行くのも嫌なんですけど」

味方になってくれるのはうれしいが、女性心がわかるようでわかっていない気がする。

――男ばかりの職場で働くのはいろいろ難しいってわかったわ。

昨日はここまでではなかった。確かにレナルドの視線はちょこちょこ感じていたが、それでも自由に執務室を出入りしていたのだ。

レナルドから離れると、アリアは小さく嘆息した。王宮の敷地で人さらいに遭うこともないだろうに、なにを心配しているのだろう。

——レナルド様は面倒見がいいとは思うんだけど、やっぱり私に対してだけ過保護よね？

せっかくひとりになれる時間を得られたのに、ゆっくりなどできるはずもない。アリアは早々に「ただいま」を言う羽目になった。

レナルドが会議や外出している間は、ケビンが護衛兼監視として傍にいた。

普段ならレナルドの従騎士として団長から離れないはずなのに、余計な仕事をさせて申し訳ない気持ちになる。

「いえ、アリアさんはお気になさらず！　副団長もいい傾向だと仰っていましたから」

「いい傾向ですか？」

「はい。完璧すぎる団長の完璧じゃない姿なんて滅多に見られませんからね。いつも隙がない仕事人間の団長に、はじめて執着する相手ができたというのも感慨深いです」

——執着なのかな？

なんとも言えない気持ちになる。婚約者や恋人に対する接し方だと言えるのだろうか。

「きっとアリアさんが団長の初恋なんですよ！」

「ええ……？　さすがにそれは……」

言い過ぎだと思うが、ケビンのキラキラした眼差《まなざ》しに水を差せない。

「でも、執着される理由がないと思うので……多分一度面倒をみると決めた責任感のようなものもあるんじゃないかと思います」

拾った動物に愛情が芽生えてしまうものに近い気がした。これまでなにかを愛でることがなかった人なら、なおさら振り幅が広いのではないか。

「団長は捨て猫や犬をホイホイ拾う人ではないですけどね。拾ったとしても飼い主を見つけて、その後は関わらないかと」

冷酷なわけではないが、線引きをきちんとする人だそうだ。不必要に関わらないのも情が移らないためなのだろう。

――結局は私が本人と話し合うしかないのよね。

知りたいことは直接尋ねればいい。不安なことがあれば口にして、ひとつずつ解消するしかないのだ。

徐々に距離を縮めていこう。もうキスをした仲だが、まだまだ知らないことの方が多い。

そう、少しずつ……と思っていたはずなのに。

その日、屋敷に帰ったアリアは驚愕《きょうがく》した。客室に置いていた荷物をレナルドの部屋に移されていたのだ。

「は？　え？　どういうことですか？」

「私が指示した。婚約したのだから寝室を共にしても問題ないと」

――問題は大有りでは⁉

シレッと言われるが、一体いつ指示を出したのだろう。アリアが婚約を了承したのは今朝の出来事だ。日中に使用人に伝えていたのだろうか。

「それに同じ部屋にいた方が、いざと言うときに君を守れる」

「いざというときがこの屋敷に来るとは思えないんですけど！」

夜間は番犬が庭をうろつき、屋敷の使用人は皆腕っぷしに自信がある者ばかり。唯一武道の心得がない人は通いの家政婦くらいだろう。

「今までの客室だってレナルド様のお部屋の真向いでしたよ？　すごく近かったと思うんですが」

「壁と廊下が邪魔だろう。私と君の距離を隔てるものは排除したい」

真顔で言うことではない。アリアの表情筋が引きつった。

「いいか、アリア。婚約者は同じ寝台で眠るものだ」

そんな常識は聞いたことがないが、彼が言うと妙な説得力がある。

――高位貴族にもなるとそれが常識になるのかも……？

伯爵夫妻に尋ねたことがなかった。婚約後になにか心得がないか聞いておくべきだったかもしれない。

一度伯爵家に戻り、近況報告をしたいところではあるが。この様子だとレナルドと共に行くことになりそうだ。

——後で幻滅されたら嫌だから、事前に問題点を伝えておこう！

すでに添い寝はされた後だが、ふたたび彼の安眠を奪うべきではない。

「私、とっても寝相がよくないですよ？」

「そうなのか」

「かなりはっきり寝言も言いますが」

「それは楽しみだな」

「レナルド様の安眠を妨害してもよろしいんですね？」

「君が隣にいるだけで私は熟睡できない」

ダメじゃないか！　と言いたくなった。騎士は身体が資本なのに。

「だが、君が傍にいない方が気になって眠れなくなる」

抱きしめながら囁かれると、アリアの胸の奥がキュウッと反応した。

「うう……それはズルいです」

本当に、なんてズルい男なのだ。

不意打ちのように見せる微笑も魅力的すぎてたまらない。

「ズルい男は嫌いか？」

ギュッと抱きしめる腕に力がこもった。

嫌いかと尋ねているのに、放したくないという感情が駄々洩《だだも》れだ。

「いいえ、レナルド様のことは嫌いじゃないですから」

ここではっきりと、好きだと言えたらいいのに。

――でも私の常識がまだ早いって言ってるんだもの……！

急速に気持ちが近づいている自覚はある。完全に落ちてしまうのも時間の問題だろう。

一度気持ちを認めたら止まらなくなりそうだ。自分からレナルドに抱き着いたら後戻りができそうにない。

彼は本当に自分のことを好きなのだろうか？　なにか裏があると言われた方が納得できる。

「私は君が絡むと心が動いて感情が忙《せわ》しなくなる。誰かを見て可愛いと思うのも、撫でたくなるのも、独り占めしたいと思うのもはじめて知った。これを恋と呼ばなくてなんと呼ぶ？」

「……ッ！」

裏などない。疑わないでほしいと懇願されているようだ。

そんな真正面から告白をされたら、初心《うぶ》な乙女心が刺激される。

誰にでも甘い言葉をかけるような色男だったら疑うこともできただろうに、真面目なレナルドだから言葉に重みがあるのだ。

「アリア、顔を見せてほしい」

「っ！　い、嫌です」

「どうして？」

「今、すっごく顔が赤いので嫌です！」

レナルドの胸元に顔を埋めておきたい。顔だけでなく、全身の熱が上昇している。

——美男子って本当にズルい！

今彼の顔を直視したらアリアのなけなしの常識はすこん、とどこかへ飛んでいきそうだ。二度と彼から離れられなくなったらどうしてくれよう。

「アリア、君の可愛い顔を見せてほしい」

頭上から甘い囁きが落ちてきた。そんな台詞を吐く人ではなかったのに、ネジを一本どこかへ置き去りにしたとしか思えない。

——うう……っ、私がネジを締めてあげないと……！

おずおずと、アリアは顔を上げた。

見上げた先には、レナルドの蕩《とろ》けるような微笑。

「ああ、可愛いな。君は本当に愛らしい」

前髪をそっとどけられて、額にキスをされた。

そのまま目尻、瞼、鼻の先にとキスを落とされる。

——酸欠になる……！

ドキドキが加速して止まらない。呼吸困難になりそうだ。

唇にキスをされたわけじゃないのに、どうしてここまでドキドキさせられるのか。

「れ、レナルド様……」

「ん？」

目は口ほどに物を言うとはこのことではないか。

言葉にしなくても彼の眼差しを見ていればわかる。蜂蜜のように蕩けそうな目で見つめられて、アリアは心の中で白旗を振った。

駄々洩れの色香をどうにかしてほしい。きっと彼は無自覚だろうが。

——なにか、なにか言わなくては！

口から心臓が飛び出るかもしれない。きっと服越しに胸の鼓動も伝わっている。

だがアリアが発言する前に、彼女の腹が空腹を訴えた。

「キュルキュルキュル……」

「ああ、すまない。お腹が減ったんだな。まずは食事にしよう」

「はい、あの、私のお腹と会話しないで……」

腹の中に鳥を飼っているのではと思われるような空腹音はどうにかならないものか。

食堂にエスコートされていつもの席に座る。

甘い眼差しに見つめられながらのものだった。

◆　◆　◆

湯浴《ゆあ》みを終えて就寝時間がやってきた。アリアはふたたび試練を迎えた。

「どっちがいい？」と、寝台の右か左かを選ぶように言われたが、正直それはどちらでもいい。

だが寝台の中央に寝そべり、寝具をめくったレナルドに「おいで」と言われる破壊力は凄《すさ》まじい。

寝間着姿のレナルドだけでも、とてつもない色気でどうにかなりそうだ。この光景を切り取って紙に写して高値で販売したら、あっという間に完売するだろう。

「アリア」

再度名前を呼ばれて催促される。

アリアはおずおずと「お邪魔します」と呟いて寝台に乗り上げた。

――わああ～！　一足飛びに経験値が上がっている気がする……！

思えば異性に甘えた記憶はない。物心がついた頃から父親はいなかったのだ。一番近くにいたのはパン屋の店主のルーカスおじさんだけで、娘や孫のように可愛がってもらったが。もちろん彼の妻にも世話になった。

　そして誰かと一緒に寝るというのは八年ぶりである。母親が亡くなるまでは同じ寝台で眠っていたことを思い出してこそばゆい気持ちになった。

「アリア、そんなに端に寝ていたら落ちるぞ」

「いえ、このギリギリ感がちょうどいいと言いますか、お気になさらず……って、きゃっ！」

　すぐに身体を引き寄せられた。レナルドの体温を間近に感じる。

「レナルド様……！」

「君が私の腕の中にいることが安心する。こんな感情は生まれてはじめてだ」

　耳がくすぐったい。彼の美声がアリアの心臓を騒がしくさせる。

　――あ、レナルド様の匂い……。

　石鹸の匂いだけではない。独特な燻製《くんせい》の香りに柑橘系《かんきつけい》のアロマでも垂らしたような複雑な香りだ。レナルドの一筋縄ではいかない性格を表しているかのようで、嗅いでいると心が落ち着く。

　もう少しその香りを堪能したくて、アリアは無意識にレナルドにすり寄った。その行動がレナルドの理性を試しているとも知らずに。

「アリア?」

スン、と彼の胸元に顔を寄せる。香水を寝間着に垂らしているのかもしれない。緊張して眠れないと思っていたが、逆に安眠できそうだ。レナルドの体温に包まれたら安心して寝られるだろう。

おやすみなさい、と言おうとしたとき。彼の手がアリアの頰に触れた。

「君は誰にでもそんな風に無防備なのか」

「え?」

「頼むから私の前だけだと言ってほしい」

困惑気味にレナルドを見つめる。彼の懇願する目を直視すると、なにやら胃の奥でちゃぷちゃぷと小魚が跳ねているような心地になった。

——うう、まただわ。なんだろう、この感覚……きゅうう、ってする。

青い目に吸い込まれそうになる。ずっと見つめていたくて、彼の目にも自分だけが映りたい。

ゆっくりと近づく顔を拒むことはできない。アリアはそっと目を閉じた。

唇が優しく合わさった。鼻が触れそうで触れないという、もどかしい気持ちを感じながら優しく唇を食《は》まれる。

下唇を舌先で舐められると、アリアの背中がぴくんと反応した。

「あ……」

小さく漏れた声を飲み込むように、彼の舌が侵入する。

激しさを耐えるような優しい舌技に酔わされそうだ。身体の奥で眠っていた官能が少しずつ表面へ引きずり出されていく。

「アリア……」

「……っ！」

掠《かす》れた声が色っぽい。艶を含んだ声で名を呼ばれるだけで、アリアの体温も上昇した。

「レナルドさま……」

「君を怖がらせないように、なにもせずに寝ようと思っていたんだが無理だ。君が隣にいるだけで、私は愚かな獣になるらしい」

プツン、と胸元の釦《ボタン》が外されていく。

四つ連なった釦をすべて外されると、アリアの豊かな胸がまろび出た。

「私が怖かったら嫌だと言ってほしい」

きちんとアリアに決定権を与えてくれる。レナルドの誠実なところが好ましい。

「い……嫌じゃないから、困ります……」

顔を真っ赤に染めて、アリアは彼の手を握った。

その手を自身の左胸に押し当てる。

ドクドクと激しく鼓動する心音が伝わっただろうか。

そっとレナルドの表情を窺う。彼の瞳には情欲の焔《ほのお》が揺らめいていた。

「こんな可愛いことをされたら止まらないぞ」

人差し指と中指の間に胸の蕾《つぼみ》が挟まれた。

レナルドの指がキュッと頂を刺激する。摘まれたわけではないのに、その絶妙な力加減がアリアの感度を高めた。

「アァ……っ」

やわやわと乳房を揉《も》まれて、彼の指先が弾力のある双丘を弄《いじ》る。

首筋に顔を埋められてキスをされながら胸を弄られれば、アリアの素直な身体は敏感に反応した。

——お腹の奥が変……。

下腹が疼いている。熱くてもどかしくて、キュウッと収縮を繰り返していた。

時折チュッとリップ音が響くのも卑猥《ひわい》だ。

その官能的な音と身体の疼きがアリアの理性を薄れさせていく。

——ドキドキしすぎて苦しい。

でも不思議と嫌ではない。それどころか、もっと触れてほしいと思ってしまう。

「可愛すぎてたまらない」

顔を覗かれながら呟かれた。そんな風に言ってくれるのもレナルドだけだ。

「んぅ……」

ふたたび唇を塞《ふさ》がれる。

チュッ、とリップ音を奏でながら離れたときには、アリアの寝間着は剝《は》ぎ取《と》られていた。

「え……？」

面積の少ない下着一枚しか身に着けていない。だがレナルドの衣服に乱れはなかった。

その不公平さにムッとするような気持ちがこみ上げるが、腹部を撫でられたら抗議の声より喘《あえ》ぎが勝る。

「あぁ……、ン……ッ」

ただ肌を撫でられただけ。なのにどうして気持ちいいと思うのだろう。

生理的な涙が零れそうになる。胸元に落とされたキスも、くすぐったさよりじれったさの方が強い。

「あ……胸、ダメ……」

「嫌？」

胸の頂をキュッと摘まれた。ビリビリした刺激が背筋を駆け巡る。

腰がビクッと反応し、レナルドのことだけしか考えられなくなりそうだ。

「ううん、嫌じゃない……でも、気持ちよすぎてダメです」

もっと触れてほしい。いや、触れてほしくない。

そんな相反する気持ちが押し寄せてくる。

「アリア。気持ちいいのは悪いことじゃない」

快楽に慣れていない身体ではどう処理していいのかわからないのだ。身体が反応することも、恥ずかしくてたまらない。

「もう少し私に慣れてもらおうか」

温度の高い声が耳朶《じだ》を打つ。彼の声は腰に響くほど艶やかで低い美声なのに、温度を感じるなんて不思議だ。

「ン……ッ！」

身体を洗うときにしか触れたことのない場所に触れられた。布越しとはいえ、秘所を撫でられて腰が跳ねる。

「やぁ……音、変……っ」

「ああ、グチュグチュだな」

薄い布はしとどに濡れていた。アリアが零した蜜をたっぷり吸い取っている。

なにかが濡れている気配はしていたけれど、自分が零した分泌液だとは思わなかった。

アリアは咄嗟に手で顔を覆う。

「アリア、何故顔を隠す？」

「恥ずかしいから……見ないでください」

「無理だ。可愛い君の姿はすべてこの目に焼き付けたい」

濡れた秘所に触れながら言う台詞ではないと思いつつ、アリアはそっと指の隙間からレナルドを見上げた。

いつも余裕のある大人の男性だと思っていたが、彼ももしかしたら余裕はないのかもしれない。

なにかに堪えるような表情が色っぽい。アリアを怖がらせないように、彼も必死なのではないか。

——ああ、どうしよう。なんだか胸もお腹もいっぱい……。

もっとレナルドのいろんな表情が見たい。

普段は見せない彼の一面をたくさん見せてほしい。できればそれは自分だけが独占したい。

「レナルド様……」

両腕を上げてレナルドに抱き着いた。肺いっぱいに彼の匂いを吸い込みたい。

「アリア……」

熱を帯びた声で名前を呼ばれるのが心地いい。

もっとたくさん呼んでもらえたら、自分の名前が特別に聞こえるだろうか。

疲労感が押し寄せる。

急速に睡魔に襲われて、アリアはそのまま目を閉じた。

「……アリア？」

レナルドに名を呼ばれた安心感を抱きながら、コテンと意識を落としたのだった。

◆　◆　◆

アリアの名を呼んでも応答がない。

すぐに健やかな寝息が聞こえてきて、レナルドは深く息を吐いた。

残念なような、これでよかったと安心するような気持ちがこみ上げる。

がっかりしていないと言ったら強がりになるが、いきなり婚約初日に彼女の純潔を奪う真似《まね》はしたくない。

――可愛すぎて制御が利かなくなりそうだった。

まさか暴力的な可愛さというものを実感する日がやってくるとは思わなかった。

常に冷静沈着で、なにかに心を奪われたことは一度もなかったのに。こうも人は変わるものなのかと、日々驚きと戸惑いの連続だ。

アリアと出会ってからのレナルドは、自分でも自覚できるほどなにかが変わったようだった。感情の変化に戸惑うも、嫌な気持ちにはならない。

王妃のお茶会にアリアを迎えに行った日、彼女への気持ちを指摘されたように感じた。目が離せない、傍にいてほしいという気持ちが芽生えているならもう手放せないでしょうね、と言葉に出さずとも王妃の目が語っていたのだ。

——そうだ。もう手放すつもりはない。

いささか強引だとわかっている。十も離れた女性に対して、こんな風に自分の傍に置いておくなどどうかしている。

だがアリアの口から、傍を離れたときにどうするのかなんてたとえ話を聴きたくなかったし、そう思った時点でとっくに彼女に執着心を抱いていたのだ。

きっかけは王妃の占いだったとしても、手放したくないと思ったのはレナルド本人。占いが当たったのか偶然なのかはわからないが、出会いを与えてもらえたことには感謝している。

一生特別な人などできないと思っていたのに。家族からの愛情を与えられた記憶もない自分が、誰かを愛せるなど思いもしなかった。

「どうやったら好きという感情を芽生えさせられるのだろうな」

恋愛感情を自覚したばかりの初心者には、恋の駆け引きなどわからない。

ただ直球に誠実に、アリアに愛を告げて応えてもらうしかないのだ。

――触れられるのは嫌じゃないようだった。キスをしても嫌悪感がないなら、彼女も私のことを好いているのでは。

女性は嫌いな異性から触れられたくないという。キスなどもってのほかだろう。

一体どこまで大丈夫なのか、その見極めをする意味でもアリアに触れていたのだが。思いのほかアリアはレナルドを受け入れてくれた。

こうして素肌を晒《さら》して身体に触れても拒絶されないほどに。

「……君は本当に無防備すぎる」

飢えた獣の前で褒美を晒している自覚がないのだろう。蜜をしみ込ませた布はほとんど役目を果たしていない。

気持ち悪いだろうと思い、レナルドは両腰を結ぶ紐《ひも》をほどいた。

はらりと解けたそれを、起こさないように気を付けながらそっと脱がせる。

――ああ、綺麗だ。

なにも纏っていない姿というのはここまで美しいのか。

窓から入り込んだ月明りがアリアを照らす。青白い月明りと相まって、より一層神秘的な美しさに見えた。

脱がした下着は床に落とし、新たな下着を穿かせるべきか考える。

だがアリアの傍から一時も離れたくない。素肌を抱きしめて、一晩中眠れない夜を味わうのも悪くないかもしれない。

——風邪をひかせるのはよくないな。

翌日は一日休みなのだ。せっかくの休みの日に体調不良で寝込むというのは可哀《かわい》そうだろう。

レナルドは自身のシャツを手早く脱ぎ、アリアを起こさないように気を付けながら彼女に着せた。

先ほどの仕草から、どうもアリアはレナルドの香りを好ましく思っているようだった。体臭を拒絶されたら根本から自分を見つめ直す必要があるが、いい匂いだと好かれたらより一層抱きしめたくなってしまう。

——なんだろうな、この感情は。

自分の衣服に身を包む婚約者を見ていると、心の奥から満たされていく。支配欲ではない、独占欲だ。彼女を自分の色に染めたいという気持ちがこみ上げる。

愛おしくて可愛くてたまらない。

心の奥底で抑え込んでいた衝動が押し寄せて、レナルドの理性を揺さぶる。

「んぅ……」

アリアがゴロン、と寝返りを打った。

魅惑的な脚がレナルドの脚に絡みつく。

「……っ、アリア？」

顔をすりすりとレナルドの胸板にこすりつける姿は愛玩動物のよう。知らずに笑みが零れる。

だがその手がレナルドの背中をまさぐりだすのは予想外だ。

「……ッ！」

華奢《きゃしゃ》な手が悪戯《いたずら》に動いている。夢の中でなにかを触っているのかもしれない。なにも身に着けていない脚、シャツの隙間から覗く胸の谷間。背中を撫でる手つきのすべてがいやらしい。

先ほど鎮めようと努力した欲望がふたたび鎌首をもたげてしまう。

「なるほど。これが生殺しというやつか……」

知りたくなかった、こんな苦行。

王妃は運命の相手を天使だと言ったが、やはりレナルドが感じた通り落ちた天使は堕天使だ。理性を容赦なく揺さぶってくる可愛い小悪魔で間違いない。

「徐々に距離を縮めるなんてまどろっこしい真似はできそうにないな」

本日付けで国王に婚約の許しを得てきた。事前にアッシュフィールドの当主からサインを入手していたため、後は本人の意思と国王の承認が必要だったのだ。

そして名実ともにアリアとは婚約者になれた。通常は婚約式を行うところだが、それすらまどろっこしい。

「早く私の元へ嫁いでおいで」

ぴったりとくっつく可愛い婚約者を抱き寄せたまま、レナルドは眠れない夜を過ごすのだった。

◆　◆　◆

子供の頃から健康優良児であるアリアは朝もスッキリ目が覚める。

いつもと同じ時間に目を開けた瞬間、アリアは小さく悲鳴を上げた。

「……っ⁉」

至近距離にレナルドの顔があった。それこそ鼻の先があと少しでつきそうなほどに近くに。

──朝から目の毒……違う、目の保養⁉

心臓が激しくドキドキしている。腰に腕が巻き付いていることにも気づき、ドキドキが二倍になりそうだ。

──こんな風に抱きしめられながら寝ていたなんて気づかなかったわ！

どこでも寝られるのは特技だが、あまりにも神経が図太くないか。レナルドに胸を押し付けていたら彼に鼓動も伝わりそうだ。

規則的な寝息を立てるレナルドをじっと見つめる。

長く濃いまつ毛に肌理《きめ》が細かい肌。スッとした鼻梁《びりょう》に薄い唇。そして無防備に寝ている顔は少しだけ彼を幼く見せた。

――この人の寝顔を知ってる女性はどれくらいいるのかしら。

自分だけだったらいいのに……、と思ったところでハッとする。

――なに？　今の感情。まるで独占したいみたいな……！

他の人に見られたくない、自分にだけ見せてほしいなんて一瞬でも思ってしまって動揺する。

流されて婚約したが、やはりアリアの心はとっくにレナルドに奪われていたようだ。

「ん……」

「……ッ！」

鼻から抜けるような吐息が色っぽい。心臓がふたたびドキッと跳ねた。

きっとこの体勢もいけないのだ。彼の腕の檻《おり》から逃れようとする。

――うう、抜けない……！

身体がぎっちりと抱きしめられている。こんな状態でよく熟睡できていたものだ。

もぞもぞと手を動かしていたからだろう。レナルドの手が宥《なだ》めるようにアリアの背中を撫でた。

「……そんな風にまさぐられたら勃《た》つぞ」

寝言にも近い声で呟かれたが、内容が頭に響かない。

――まさぐって、って……！　というか、タツってどういう意味？

レナルドの腕から逃れようと、彼の胸を押していたが。それをまさぐると解釈したのだろうか。

「起きて、レナルド様。もう朝だから」

まだ時間に余裕はあるが、二度寝をしたら遅刻する。

「ん……」

アリアの背中に回していた手が臀部《でんぶ》の丸みに触れた。

「ひゃあっ」

まさぐるような手つきとはこのことを言うのではないか。

「レナルド様……！」

半分仕返し、もう半分は悪戯心を込めて、彼の耳にフッと息を吹きかけた。

「……ッ！」

パチッとレナルドが目を開けた。

寝起きで驚いた顔が珍しくて、なんだか可愛らしい。悪戯が成功した気分だ。

──って、違う！　可愛らしいってなんなの！

自分の感情の変化が著《いちじる》しい。男性を可愛らしいと思うなんて今までなかったのに。

「アリア……おはよう。朝からそんな悪戯をするなんていけない子だ」

前髪を指でそっとどけられる。

額にチュッとキスを落とされた。生々しい感触が伝わり、アリアの顔がぶわりと赤くなる。

レナルドの手がアリアの頭を撫でる。顔から肩、背中まであちこち撫でられて、アリアは堪えきれない悲鳴を上げた。

「う……ひゃあ……っ！」

ムズムズするどころではない。なんだか朝から甘ったるい。

レナルドの余裕綽《しゃく》綽《しゃく》の微笑がズルい。先ほどまで見せていた無防備な寝顔とはまるで違う。

──可愛らしいなんて嘘！　油断したら頭から食べられそう……。

こんな朝が明日から続くなんて、精神に多大な負担がかかりそうだ。

「毎朝目が覚めたら君におはようが言えるなんて素敵だな」

「は……はひ」

色気駄々洩れな婚約者に微笑みかけられて、アリアは朝から瀕死《ひんし》状態である。

——鼻血出てないかしら。

鼻の奥がツンとしているが、幸いなにかが垂れてくる気配はない。

「……ところで私、なんでレナルド様のシャツを着て……？」

よく見ると彼の上半身は裸だ。そしてアリアは下半身がスースーすることに気づいた。

「レナルド様、私の下着が行方不明なのですが……」

「では新しい下着を用意してこよう」

——そうじゃなくって、私のパンツはどこに？

だが、寝台から下りたレナルドの美しい裸体に見惚れたアリアは、顔を真っ赤にさせて疑問を飲み込んだ。


朝食後、アリアはレナルドと共に一日外出することになった。

「久しぶりに一日休めることになった。君が行きたいと言っていた果樹園に行こうか」

「いいのですか？　うれしいですけど、今聞き捨てならないことを言いましたね」

さらりと久しぶりの休日と言われて、アリアは怪訝そうにレナルドを見上げる。

彼の部下たちから仕事中毒だとは聞いていたが、さすがに一日も休みを取っていないわけではあるまい。

「レナルド様、最後に一日休めたのはいつですか？」

「さあ、いつだったか……三、四か月前？　いや、半年前か？」

「記憶が曖昧になるほど前じゃないですか！　ダメですよ、きちんと休むことも騎士として必要なことですからね？」

それに上官が休みを取らないと部下も休日の申請がしにくくなる。

「きちんと公休はあるが、立て込むことが多くてな。私は急に王妃の呼び出しを受けることもあるが、部下にはちゃんと休みを取らせているぞ。それにたまに半日休んでいたから問題ない」

「いえ、半日仕事をしていたんじゃ休みにならないでしょう……」

こういうところを含めて、オリヴァーたちは心配になるのだろう。確かにアリアのような人間が傍にいるのは必要なのではないか。

――自分の時間を犠牲にして仕事をするのは健康上も精神衛生上もよろしくないのでは。生きがいだと言われてしまえば苦言は言いにくいが、いざというときに動けなくなるのはダメだ。疲れをきっちり癒しておくのも騎士として大事な仕事だ。

「わかりました。今日はのんびり出かけましょう。たまには王宮から離れた方がいいですからね。簡単に呼び出されない場所に避難しましょう」

「そうだな。ふたりきりの時間を大事にしよう」

アリアは動きやすいワンピースに着替えて帽子をかぶる。外を歩くなら日除《ひよ》けをしておいた方がいいだろう。

馬車に乗り込んで王都を出立し、三十分ほどで到着したのはいちご農園だった。

「いちご狩りですね。私、はじめてです！」

「それはよかった。時間制限はあるが、好きなだけいちごを食べることができて持ち帰り用に量り売りもされている。ジャムや焼き菓子なども販売しているらしい」

いちご狩りとは予想外だった。この時季ならてっきり柑橘類《かんきつるい》の果樹園に向かうのだと思っていた。さくらんぼも今の季節にぴったりである。

──実は一度行ってみたいと思っていたのよね、いちご狩り。婚約してすぐに連れてきてくれるなんて優しいな。

アリアは果物全般が好きだ。その中からこの場を選んでくれたセンスの良さに脱帽しそうである。

レナルドに手を引かれて農園に入った。

事前に予約をしていたそうで、入園料や追加料金は後日レナルドのところに請求書が届くらしい。

この時間帯を貸し切ったと言われると素直に喜んでいいのかわからなくなるが、アリアはありがたくその気持ち受け止めた。

──次期公爵様で王妃様の甥なんだから、安全面を考えると貸し切りは当然なのかも。

下町育ちのアリアには考えられない贅沢だが、貴族社会というのはそういうものなのだろう。それに他の人もレナルドが傍にいたら落ち着かないはずだ。こういう状況には慣れるしかない。

農園の案内係に連れられていちごの栽培場所に通される。

温室のように温度を管理された中では、真っ赤に熟れたいちごが艶々と光っている。陽《ひ》の光をたっぷり浴びているのだろう。

明るく清潔感のある場所で栽培されているいちごは大量だった。

「わああ……！　すっごく可愛い……いい匂いがします。おいしそうですね！」

「目を輝かせて喜ぶ君の方が可愛いしおいしそうだ」

反応に困る台詞だ。アリアは咳ばらいをした。

「えっと、食べ放題の時間制限は一時間でしたっけ。このバスケットに入れたいちごを持って帰れるんですよね」

食べきれずに持って帰りたい場合は、量り売りをしてくれる。

「ああ、好きなものを選んで土産にしたらいい。だがまずは、この場で食べたいものを食べよう」

最初に品種の説明を受ける。ここでは三種類栽培されているらしい。

「レナルド様、食べ比べしましょう！　この列から順番に行きましょうか」

「もちろん。私はアリアが行くところについて行こう」

騎士っぽいと思ってしまったが、彼は騎士団長だった。

——なんだか護衛されている気分になりそう。

後をついて行くより隣にいてほしい。アリアはそっとレナルドの袖を掴む。

「ついて行くんじゃなくて、レナルド様は私の隣にいてください」

彼は僅かに目を瞠った。アリアは袖から手を放す。

「その、私の護衛じゃないんですから。あ、でもおいしそうないちごがあったら積極的に取りに行ってくださいね！　制限時間内にたくさん食べましょう」

目当てのいちごがあれば優先してほしい。むしろそうするべきだと告げると、レナルドは柔らかく微笑んだ。

「わかった。でもやっぱり私はいちごより君を優先したい」

「え？」

「おいしそうにいちごを頬張《ほおば》るアリアを眺めていたい」

「……っ！」

——そうやってすぐに甘い顔で心臓に悪い発言をしないでほしい！

いつの間にか案内係は消えていた。制限時間が来るまではふたりきりにさせようという配慮だろう。

アリアは顔が赤くなっているのを気取られないように視線を逸らす。

「ええっと、早くおいしそうないちごを選びましょう！　これとかよさそうですね」

色も艶も申し分ない。張りがあっておいしそうだ。

口に含んだ瞬間、瑞々《みずみず》しい甘さが広がった。糖度の高いいちごに目を丸くする。

「おいしい！」

食べ終わったへたはバスケットの端に置いておく。後でまとめてごみ入れに捨てるために。

「口に合ったようでよかったな」

レナルドも目に入ったいちごを摘もうとした。が、アリアが待ったをかける。

「それはまだへたの部分に白いところが残ってるからダメです。おいしいいちごとは色、張り、そして艶が大事ですよ。これとかよさそうですね」

アリアは「はい」と、摘みたてのいちごをレナルドの口許《くちもと》に運んだ。

だがすぐにやりすぎたと反省した。

——待って、これって私が「はい、あーん」を強要してるのでは⁉

彼のバスケットに入れるだけでよかったのに、うっかり調子に乗ってしまった。慌てて腕を下ろそうとするも、レナルドに手首を取られてしまった。

「ん、甘くてうまいな」

「……ッ！」

レナルドは器用にへたの部分まで食し、残ったへたをアリアの手から回収した。彼女の手に付着したいちごの汁までぺろりと舐めとっている。

「こっちも甘い」

「ひゃあ……！」

その蠱惑的《こわくてき》な微笑を直視し、アリアは耐え切れず悲鳴を上げた。

陽の光が当たる健全な場所で、ひとりだけ不健全な人間がいる。

「もう見分け方がわかりましたよね⁉　じゃあ別行動しましょう！」

「却下」

「何故⁉」

「君がさっき言ったんだろう。自分の隣にいてほしいって、上目遣いでおねだりしたのを忘れたのか」

「お、おねだりって……違います、記憶の捏造《ねつぞう》です！」

しかも上目遣いは仕方ない。なにせアリアとレナルドには三十センチ近くも身長差があるのだから。

「私は君がいないと、マズイいちごを選ぶことになる。だから君が選んだいちごを食べたい」

「なんだか遠慮がなくなってきましたね⁉」

食べさせてほしいとまでは言っていないが、アリアが選んだいちごを食べたいと言っている。

議論している時間がもったいないので、アリアはいちごの仕分け職人のように食べごろを見つけてはレナルドのバスケットに放り込んだのだった。

三種類のいちごを満足いくまで食べつくして、気に入った品種のいちごを土産用の箱に詰めたところで終わりの時間を迎えた。

たった一時間だったが、実に有意義な時間だった。しばらくはいちごのデザートは食べなくてもいいかもしれない。

「いちご、たくさん堪能しましたね。満足です」

「併設しているカフェでいちごのパフェが人気だそうだが」

「え？　なんて魅惑的な響き！　行きましょう」

「もう満足なんじゃなかったのか」

クスクス笑うレナルドの手を引っ張っていく。人気だと聞いたら食べないわけにはいかないのだ。

案内されたのはカフェの奥にある個室だった。どうやらこの農園は、最初からレイヴンズクロフト家に縁のある一族が経営しているらしい。

「メニューを見ているだけでもワクワクしますね」

パフェの他にもタルトやいちごのオムレツというのもあった。いちごのサンドイッチまで入っている。

――軽食でいちごを使うなんて想像もつかないけれど、きっとおいしいんだろうな。

いちごときのこのキッシュは味の想像がつかないが。酸味の強いいちごを使っているのかもしれない。

「決まったか？」とレナルドに確認されて、アリアは迷った挙句パフェを選ぶ。

「タルトも捨てがたいですが、ここでしか食べられそうにないパフェにします」

限定十個と書かれていたら余計惹かれてしまう。

「ふたつ頼んだらいいんじゃないか？」

「レナルド様、私を豚さんにしたいんですか。騎士の皆様みたいに肉体労働をされている方ならいちごの百個や二百個も問題ないと思いますが、私は食べたら食べただけ太るんですよ」

「ふくよかなアリアも可愛いと思うが」

真顔で言われると微妙な気持ちになる。本気でそう思っていそうだ。

「ダメです。いざというときに逃げられるように、身体は軽くしておかないと。逃げ足が遅くなりますから」

「いざというのが皆無ではないのが辛いところだな」

――その通りだわ。

忘れそうになっていたが、騎士団長の屋敷に匿われている理由を思い出した。元々はアリアを狙う輩が現れるかもしれないという状況だったのだ。

――すっかり平和に暮らしてて、なんなら婚約までしちゃって人生変わったけれど。まだあのふたりが捕まったわけではないのよね。

犯罪組織なんて本当にあるのだろうか。

気を抜くべきではないが、レナルドと一緒なら安心だろう。

「私のタルトを一口あげよう。それでいいな？」

アリアはレナルドの甘やかしに頷いた。食べたいものは分け合えばいいのだ。

届いたパフェはアリアの予想を超えるものだった。

「わあ～すごい！　豪華すぎます……！」

大き目な筒形のグラスには輪切りにしたいちごが貼り付けられている。中にはたっぷりとしたクリームと砕いたビスケット、いちごのジャムが層になっており、グラスの縁から溢れんばかりのいちごが載っていた。チョコレートで作られた芸術的なオブジェは蝶《ちょう》をモチーフにしているのだろうか。

目にも鮮やかで楽しいパフェをはじめて見た。

「予想外のものが出てきたな。これは人気が出そうだ」

一日の上限数が決まっているのも頷ける。

子供のようにワクワクしながらチョコレートをそっと摘み、皿に置いた。一番上のいちごをフォークで刺して、クリームをたっぷりつけて口に頬張った。

「甘くておいしい……！」

「そうか」

レナルドはタルトよりも紅茶に口をつけている。真っ赤ないちごをふんだんに使ったタルトも宝石箱のように美しい。

「アリアはなんでもうまそうに食べるな」

まるではじめて食べるものに感動している子供と保護者のような光景だが、アリアは気にしない。

「おいしいですからね。レナルド様も、一口どうぞ」

スプーンでクリームといちごとビスケットをすくい、彼に食べさせようとする。恥じらうことなく、レナルドはアリアのスプーンに食いついた。

「ん、甘い。だがビスケットに塩気もあっていいアクセントになっている。うまいな」

「ですよね！」

同じ味覚を共有できることがうれしい。

——なんだろう。おいしいものを分け合いたい気持ちだわ。

パフェを食べながら、アリアは亡くなった母を思い出した。母はいつだって、アリアと半分こしてくれたのだ。

おいしいもの、珍しいもの、アリアが食べたことがないものは積極的に。

「アリア、あーん」

「え……んっ！」

一瞬思い出の母に意識が向きそうになったとき、レナルドがいちごのタルトをアリアに食べさせた。

パフェとはいちごの品種が違うようだ。

「んん～！　タルトもおいしいですね。カスタードクリームも濃厚です」

「そうか。好きなだけ食べていいぞ」

「レナルド様、実はもういちごに食べ飽きましたね？」

アリアに食べさせるばかりで彼は紅茶しか口にしていない。

レナルドは苦笑しながら「バレたか」と小さく白状した。

「私は一口食べられたら十分なんだ。先ほどの食べ放題でたくさん食べたしな。君がおいしく食べている光景を眺められるだけで満足している」

「も、もう……じゃあ、遠慮なくタルトも私がいただきます」

「ありがとう。ゆっくりお食べ」

豚になるって宣言した後にズルいと思いつつ、どちらも食べられるのはうれしい。

――本当に、レナルド様って私に甘すぎるのでは？

口直しのチョコレートをパキッと割って、レナルドにも分けることにした。


土産のジャムも購入し、食後の散歩をしてから馬車で王都に戻る。

夕方には屋敷に帰ってきたが、大満足の一日になった。

「楽しかったですね、レナルド様！」

「そうだな。君と出かけられていい休日になった。また次の休みはどこかへ行こう」

「はい、楽しみにしてます」

たくさん食べたというのに、散歩もしたからか夕食の時間にはしっかり空腹を感じていた。食堂で出された夕食も難なく完食できる。

鶏肉《とりにく》のレモンソテーがやみつきになるおいしさだ。薄切りにしたレモンとハーブがさっぱりしていて、パンをソースに浸すとまたおいしい。

「あんなに食べたのに、夕食はちゃんと平らげられる胃袋が恐ろしいです」

「健康な証《あかし》だ。それに今日は歩いたからな。食べた分も消化している」

──そうかな……だといいけれど。

日常的に身体を動かしている騎士ならすぐに消化されるだろうが、アリアは身体に蓄えそうだ。そろそろ運動量を増やした方がいいかもしれない。

向かい合わせで食事をするレナルドを見つめる。

今朝起きたときは心臓が激しく鼓動してうるさかったのに、出かけているときは一度も緊張しなかった。むしろ一緒にいる時間が心地よくて、彼の微笑に釣られて笑うことも多かった。

レナルドの表情も随分柔らかくなった。出会った頃は、表情筋が硬くて動かないのだろうと思っていたのに。

──私の好きなものを調べてくれて、興味がありそうなところに連れて行ってくれて、食べたいものを食べさせてくれて……。

食事の時間が楽しい。隣にいてくれるだけで心が落ち着く。

守ってくれる人なら他の騎士でもいいはずだ。それこそ顔見知りになった騎士はたくさんいる。

けれど、傍にいると安心感を与えてくれる人はレナルドしかいない。胸の奥がキュンと高鳴って、たまにソワソワしてドキドキする。

婚約者になったのだから気持ちを制御する必要はない。だが、この感情に名前をつけてしまうと、急激に気持ちが加速するだろう。

──でも、とっくに手遅れだわ。

好きにならない方が難しい。もうレナルドの手を放せそうにない。

彼の隣を他の女性に譲るなんて絶対に嫌だと思ってしまう。

よほどのことがない限り一度結んだ婚約を解消することにはならないが、彼の気持ちを自分に繋ぎとめるにはなにをしたらいいのだろう。

「アリア？　大丈夫か。手が止まっているが」

「え？　あ、はい！　おいしいです！」

皿に残っていた鶏肉と野菜を完食した。

挙動不審な状態を訝《いぶか》しまれたら、アリアはすぐに気持ちを白状するかもしれない。

「疲れが出たんだな。眠いなら湯浴みは明日にするか」

「大丈夫です。汗をかいたのでさっぱりしてから眠りたいです」

レナルドと同じ寝台で寝るなら、汗臭いままでは寝られない。

そんなことを気にする時点で、自分の乙女心に悶《もだ》えそう。

体臭に気を配るのも衛生観念に気を付けるのも、共同生活をする上で大事なものだ。乙女心云々《うんぬん》だけではないはず。

無言で注意深く観察してくる視線を気にしないようにしながら、アリアは食後のお茶を飲み干す。

——受け取っているばかりではダメよね。私からもなにか恩返しというか、感謝の気持ちを込めたものを返さないと。

とはいえ、不自由なく暮らしているレナルドのほしいものなど見当もつかない。アリアが彼に与えられるものも微々たるものだ。

自分にはなにができるのか。

ただ一緒にいるだけではなくて、少しでも多忙な彼を癒したい。

——やっぱり、マッサージとかが一番かしら。

「レナルド様、湯浴みを終えたら真っすぐ寝室に来てくださいね。今日のお礼をしたいと思います」

彼は手にしていたスプーンを床に落とした。珍しい粗相だ。

「お礼とは？」

表情を変えずとも視線だけで動揺を訴えてくる男に、アリアはにこっと微笑みかけた。

◆　◆　◆

汗を流してさっぱりした。

アリアは普段身に着けている寝間着に袖を通し、その上からガウンも着こむ。

「よし、準備はこんなものかしら」

寝室にリラックス効果のあるアロマを焚《た》いて、香油も用意した。

足裏をマッサージするための手頃な木の棒まで用意している。足裏の反射区を刺激することで体温を上げて、血流をよくさせるのだ。むくみを取り、代謝をよくさせるという効能がある。

——うーん、痛いのが苦手なら木の棒はいらないけれど、レナルド様はどっちがいいかしら。

撫でるように揉むだけを好む人もいれば、刺激が強い施術を好む人もいる。

アリアが世話になっていたパン屋のおかみさんは、定期的に足裏のマッサージに通う常連だった。王都の下町では手頃な値段でマッサージを受けられる店もあるのだ。

立ち仕事で疲れている母に、アリアはよくマッサージをしていた。自分ができることは労《いたわ》ることくらいだと思っていたから。

くすぐったい刺激に笑いが止まらなくなっていたのもいい思い出だ。

アリアが懐かしい気持ちになりながら寝台のクッションを整えていると、寝室の扉が開いた。

「あ、レナルド様」

どことなく緊張気味のレナルドがやって来た。簡素な寝間着は普段通りである。

「アリア、あまり私を期待させないでほしいんだが……」

「はい？　いいから、こっち来てください。ここにうつ伏せに寝転んで。顔は枕に横向きで、力を抜いてくださいね」

どことなく気怠《けだる》い空気を纏うレナルドに催促する。ポンポン、と寝台を叩くと、彼は訝しむようにうつ伏せに寝転がった。

「これでいいのか」

「はい、バッチリです。今日はとっても楽しかったので、なにかお礼ができたらと思いまして。僭越《せんえつ》ながらレナルド様の身体のコリをほぐそうかと」

「コリをほぐす？」

「マッサージですね。主に背中と首や肩と、あとは足の裏の反射区をちょっと刺激します。あ、最初は痛くないようにしますのでご安心を」

そっとレナルドの肩に触れる。その分厚さと硬さに驚いた。

「わあ！　さすが騎士様ですね。もはや筋肉なのか凝っているのかが素人にはわからないです」

首も太い。レナルドは騎士の中では細身だと思っていたが、着やせしていただけのようだ。

「上半身を脱いでもらった方がいいのだけど、まあこのままでも……」

「脱いだ方がやりやすいなら脱ごう」

素早く身体を起こし、あっという間に素肌を晒す。

鍛えられた背中を直視して、アリアは無意識に息を吞《の》んだ。

——すごい、背中美人……！

男性を褒めるのに適しているかはわからないが、無駄な脂肪を感じさせない筋肉質な背中は美しい、の一言だ。

首から肩、そして肩甲骨へと視線を落とす。背骨の線もなんだか色っぽく見えるのは気のせいか。

どの角度から見てもかっこいいというのはどういうことなのだ。隙がなさすぎる。

——神様は公平ではないわよね……でも、これはレナルド様の努力の賜物《たまもの》。

「アリア？」

「っ！　す、すみません。つい見惚《みと》れてました」

「見惚れるような背中だったなら光栄だ」

微笑んだ気配を感じた。

とてもいいものを見せてもらっていると拝みたくなるのを堪えて、アリアは手のひらに香油を垂らす。

——わあ、やっぱり筋肉すごい……。

当たり前だが女性との身体の違いに驚いた。少し触れただけでもわかるほど硬くて弾力がある。

首筋、肩から腰にかけて手を滑らせていると、レナルドはくすぐったそうに身をよじる。

「ごめんなさい、くすぐったかったですか？」

「少し。こんな風に触れられたのははじめてだから、身体が慣れていないようだ」

温めたタオルで身体をほぐした方がよかっただろうか。タオルにアロマを垂らして肩や目に載せるだけでも十分癒される。

「なにか不快なところがあったら教えてくださいね」

アリアはそっとレナルドの首の付け根に触れた。上から徐々に凝りをほぐしていこう。

「失礼します」

「ああ……、っ！」

よっと、レナルドの腰をまたぎ、彼の尾てい骨あたりに座る。

「重かったら言ってくださいね」

「重くはないが……いや、大丈夫だ」

どことなく歯切れが悪いが、問題なさそうだと解釈する。

——肩幅も背中も広くて、マッサージのし甲斐《がい》がありそうだわ。

肌もすべすべしていて触り心地がいい。肩甲骨のあたりを揉《も》み解《ほぐ》すと、レナルドの口から声が漏れた。

「ん……」

「痛くないですか？」

「まったく。もっと強くてもいいくらいだ」

「わかりました。もう少し体重をかけますね」

膝立ちになり、背骨にそって親指に力を込める。

手のひら全体と、指の腹を使ってググッと揉んだ。レナルドの身体から力が抜けていくのを感じる。

「あぁ……そこ、いいな……すごく効く」

「ここですか？」

「ン……いい、そこだ」

——なんだか、とっても色っぽい声を聞いている気分になるのだけど？

彼の声が妙に艶やかだ。

そんな風に捉える自分が淫《みだ》らに思えて、アリアは顔を赤らめながら首を振った。

「えっと、この辺も気持ちいいと思いますよ！」

腰をグッと押すと、レナルドの口から抜けるような吐息が零れた。

「はぁ……ン……」

ただマッサージをしているだけで色香が濃くなっているのは気のせいではないだろう。

——迂闊だった。普段のお礼がしたかっただけで、こんな提案をするべきではなかったかも……！

なんとなく気持ちがムラムラする。彼の声を聞いているだけで下腹の奥が疼くようだ。

そんな淫らなことを考えているなんて思われたくない。

アリアは無心で一通り揉み解し、サッとレナルドの腰から退いた。

「つ、次は、足の裏に触れますね！」

「……足の裏？」

気怠い声で尋ねられた。背後を振り返ったレナルドの顔は仄かに上気していた。

「足の裏にはたくさんの反射区がありまして、刺激すると血行促進にも繋がったりむくみもとれたりと、いいことづくめなんです」

このままうつ伏せでもいいが、仰向《あおむ》けになった方がよさそうだ。

——うつ伏せのままだと、私がレナルド様のお尻に乗ることになるものね。

先ほどよりももっと直接彼の臀部に触れることになる。さすがにそれは避けた方がいいだろう。

「足に触れるので、仰向けになってもらえますか？　うつ伏せのままですと、レナルド様のお尻を椅子替わりにしなくてはいけないので」

「椅子替わりにしてくれても構わないが」

「私が集中できないんです」

微《かす》かに笑った気配が伝わった。ゴロンと仰向けになったレナルドは、クッションを数個重ねて背中に当てる。

「これでいいか」

「はい、ありがとうございます……」

アリアは視線を彷徨わせた。彼の上半身は裸のままなのだ。

――さっきは背中だったから気にならなかったけど、腹筋と胸筋が……！

「あ、そうでした！　もう寝間着を着ていただいて大丈夫ですので！」

「このままでいい。アリアが揉んでくれたから暑いんだ」

「……そうですか」

血行がよくなったのはいいことなのに、正直断られると困る。

――顔を上げられそうにないわ！

アリアはそっとレナルドの右足を手に取った。軽く足の指をほぐし、両手で包むように揉みこんでいく。

「えっと、痛さはどれくらいが好みでしょう？」

「君ができる最大限の痛みに堪えよう」

それはやせ我慢と言うのでは？

「まあ、痛みがやみつきになる方もいますし、何度も施術を受けていると痛くなくなると言いますからね」

グッと土踏まずを押した。レナルドは表情を変えていない。

「君はこういうのをどこで習得したんだ？　まさか伯爵家でもさせられているのか」

「え？　いいえ、お父様たちには内緒です。これは私が母と暮らしていたとき……子供の頃に、よく母にしていたんです。その頃、王都の下町で足裏のマッサージが流行ったので」

パン屋のおかみさんに教えてもらったことがきっかけだった。以来、肩たたきと一緒に母の足裏も揉むようになったのだ。

「そうか。君は昔から働き者だな」

「そうでしょうか。でも、少しでも誰かの役に立てたらいいなって思ってます」

きっと心の奥で、自分の存在意義を探そうとしていたのかもしれない。

――子供の頃は、大きくなったらすぐに私も働こうと思っていたから。いつまでもルーカスおじさんたちの世話になるんじゃなくて、どこか別の働き口を探して、ちょっといいところでみんなと食事ができたらいいなって。

生まれたときから伯爵令嬢として育っていたら、きっと今のアリアはいなかっただろう。外見は同じでも違う価値観を持っていたに違いない。

「指の付け根はどうですか？　痛みますか？」

「ああ、少し。だがなんて言うんだろうか。痛くもあるが、気持ちいい」

まんべんなくレナルドの足の裏を揉み解す。結構な力を入れているが、元々痛みに強いのか、身体が健康なのか、あまり辛くはないようだ。

「よかったです。レナルド様は足も大きいんですね。私の二倍ありそう」

二倍は言い過ぎだが、子供と大人くらい違う。

「私もアリアの足を労わりたい」

「私のことはお気になさらず」

アリアはくすぐったいのが苦手だ。足の裏に触れられたら笑い上戸のように笑いだしてしまう。

――それにレナルド様の大きな手で触れられたら、片手だけで刺激されそう。

反対の足もギュ、ギュッとアリアが一生懸命揉み解す。刺激される方は身体がぽかぽかしているだろう。アリアもじんわりと汗をかいてきた。

サッとガウンを脱いで寝間着の袖をまくった。一通り終えると達成感に浸る。

「これで完了です！　どうですか？　身体は温かくなりましたか？」

「ありがとう。いささか温まりすぎたようだ」

「それはよかったで……す」

アリアはサッと視線を逸らした。気づいてはいけないところに視線が行きそうになった。

──あれ、なんで？　さっきまでは普通だったよね⁉

熱中しすぎていて気づかなかったのだろうか。レナルドの雄が無視できないほど大きくなっていた。

「アリア」

熱っぽい声がアリアを呼んだ。サッと握られた手もいつもより熱い。

「君の邪魔をしてはいけないと思って耐えていたが、もう限界だ」

「な……なにが、でしょう」

「とぼける君も可愛らしいが、気づいていないとは言わせない」

悪戯めいた笑みに色気が滲《にじ》んでいる。声も艶っぽく響き、アリアは咄嗟に腰を上げそうになった。

「わぁ……っ！」

手を取られて身体を引き上げられると、レナルドの脚に乗せられた。

「れ、レナルド様……っ」

──お戯れがすぎます！

心臓が激しい。ドキドキしすぎて悲鳴が出そうだ。

レナルドはアリアの手のひらにキスを落とす。柔らかな感触以上に、彼の唇の熱さにドキッとした。

「君に触れられているときからどうにかなりそうだった。私を癒そうとしてくれているのに、淫らなことがしたくてたまらない」

「……ッ！」

「私もただの男だ。幻滅したか？」

アリアは勢いよく首を左右に振った。

「幻滅だなんて！　全然そんなことは……！」

恥ずかしいけれどうれしい。だってレナルドはアリアの手によって感じてくれたということだ。

「でも、他の人にされても同じように変な気分になるわけではないですよね？」

「違う。それは断言できる」

アリアに触れられているから昂《たかぶ》ってしまうのだ。

そうはっきり宣言されて、アリアの心に満足感のようななにかが広がった。

「うれしいです、すごく……あの、レナルド様がその、慰めているところをここで見ていてもいいですか？」

今、すごく恥ずかしいことを言っている自覚はあった。

――でも本心なんだもの。

ここで逃げたら彼との間に壁が生まれるだろう。レナルドはアリアに遠慮して、キスすらしてこないかもしれない。

――そうだわ。他の綺麗な令嬢に目移りされないように、私もできることをしなくては。

婚約後も安心はできない。いつ愛人候補が現れるかわからないのだから。

「構わないが……少し照れるな。君の前で性欲処理をするなど」

「よろしければ私も手伝います」

「え？」

レナルドの動きが止まった。アリアの手を握ったまま硬直している。

「でも知識がないので、なにをどうしたらいいのかはレナルド様の手ほどきが必要ですが……教えてくださいますか？」

「……グッ」

なにやら喉奥から唸《うな》りに似た声が聞こえてきた。

レナルドの目尻が赤く染まっている。

「君からそんな言葉を聞ける日がくるなんて……都合のいい夢を見ているんじゃないか？」

「夢ではないですが……すみません、はしたなかったでしょうか？」

「そんなことはないが」

普通の貴族令嬢ならこんな提案をしないのかもしれない。

――一般的な貴族の教養は受けさせてもらっているけれど、やっぱり生まれながらの貴族ではないからズレがあるのかも。

もっと恥じらいを持って提案するべきだったか。それとも初夜までは婚約者に従順になるべきか。

――そうだ、初夜……！　私、初夜のマナーも知らないわ。

今気づかなくていいことにも気づいてしまった。きっと年上のレナルドに任せていれば問題ないはずだが、自分にできることなら積極的に動きたい。

「君との距離をもう一歩詰められればいいと思っていたが、まさかここまで積極的になられるとは予想外だった。あまり綺麗なものではないから、まじまじと見ない方がいいんだが……」

口許を手で隠し、小さく嘆息している表情も珍しい。少し困ったような顔にキュンと胸が高鳴った。

――可愛い……！

いつもはキリッとした顔をしているのに、ほんのり眉尻を下げるだけでここまで違った印象になるとは。アリアの乙女心が刺激された。

もっといろんな表情が見てみたい。自分にだけ見せてくれる特別な彼を知りたい。

口に溜《た》まった唾をごくりと飲み込んだ。

「レナルド様……」

アリアはそっとレナルドの局部へ触れる。下穿《したば》きを押し上げる塊を解放しようとした。

「待て、アリア?」

「ずっとこのままでは辛いでしょう?」

「……っ」

理性と欲望が葛藤している顔だ。そんな表情すら扇情的で色っぽい。

──私に嫌われたくないとか思っているのかしら?

思っていたのと違うと泣きだすんじゃないかと心配しているなら杞憂である。どんなものを目にしても、アリアは取り乱さない自信があった。

「大丈夫ですよ、レナルド様。私は結構図太くて、滅多なことで泣いたりしません」

「……だが、まだうら若き女性に見せて嫌がられたらと思うと」

一応騎士として、紳士であろうとしているのだろうが手遅れだ。昨晩は散々アリアの身体を弄っていたではないか。

そう指摘するとレナルドは口を閉ざした。彼自身も思うところがあったらしい。

「隙あり！」と、アリアはレナルドの下穿きに手をかけた。

勢いよく飛び出てきた棍棒《こんぼう》に目を奪われる。

――こ……これ⁉

美術品や宗教画では見たことがあったが、生身のものははじめてだ。レナルドの綺麗な顔からは想像がつかないほど醜悪で、別の生き物のようにピクピクしている。

「アリア、そんなに目を見開いたら目玉が落ちてしまう」

「落としませんけど、ちょっとびっくりしました。さすがレナルド様、ご立派なものをお持ちで……」

拙い知識を総動員してもわかる。

――これは多分標準規格じゃないと思う……。

臍《へそ》につきそうなほど反っている楔《くさび》は太くて大きい。絵画で見た方が控えめだった。

「ありがとう。そんなまじまじと見つめながら感想を言われたのははじめてだ。だが誰かのと見比べたわけではないな？」

照れた顔に嫉妬が浮かぶ。

嘘は許さないというような視線の強さを感じて、アリアは勢いよく否定した。

「まさか！　実物を見るのははじめてです！」

「実物以外の知識はあるってことか」

「それはまあ……美術品とか宗教画とか」

「なるほど、そうか。これからは私しか知らなくていい」

アリアはしっかり頷く。こんなことを他の男にもしたいなどと思わない。

「触れてもいいですか？」

「……君が嫌じゃないなら」

血管が浮かんだ屹立《きつりつ》にそっと触れる。

思っていた以上に熱くて血管がぼこぼこしていて、つるりとした肌触りが少々生々しい。

――こんなのを隠し持っているなんて邪魔じゃないのかな。男性って大変だわ。

そんな感想を抱きつつ、片手で握る。アリアの小さな手ではレナルドの欲望を握りきれず、反対の手も同様に触れてみた。

キュッと握ると、レナルドの口から艶《なま》めかしい声が漏れる。

「……ッ」

「ごめんなさい、痛かったですか？」

「いや、違う。痛いわけじゃなくて……ああ、困った。君の小さな手で触れられていると思うだけで興奮する」

ぴくん、と手の中のものが動いた。レナルドの心と連動しているのだと思うと、不思議な感動を覚える。

――見た目は全然可愛くないのに、素直というかなんというか……。

これが身体は正直というやつなのだろうか。理性では制御ができないと思うと、アリアの好奇心が刺激される。

先端から透明な雫《しずく》が零れている。つるりとした先端を指先でなぞり、優しく触れた。

「ク……ッ、アリア」

「レナルド様、どうしてほしいですか？　このまま握っているだけで終わりではないですよね？」

最低限の知識はあるのだ。男性の精を解放したら硬度を失い、欲望も落ち着くはず。

キュッと両手に力を入れる。レナルドは眉根を寄せた。

「……擦ってくれないか。上下に」

「わかりました。……あ、でもこのままだと摩擦が痛いですよね？」

先ほどマッサージで使用した香油の小瓶が近くに転がっている。

アリアはほんのりアロマの香りがする香油を手のひらに垂らした。

――うん、滑りがよくなったわ。これなら痛くなさそう。

素人の手つきはおぼつかないが、それは許容してほしい。はじめての体験ではなにをどうしたらいいのかなどわからないのだ。

上下に何度も擦っているが、果たしてこれでいいのだろうか。

そっとレナルドに視線を合わせる。

――わぁ……っ！　目に毒すぎる……！

無自覚な色気をばらまいていた。熱を帯びた眼差しも上気した頬も、薄く開いた唇も、すべてが色っぽい。

「ん、上手だ」と褒められると、アリアの心臓がギュッと摑まれる。

胸のトキメキは彼に褒められたからか、それとも自分だけに見せてくれる表情に心を奪われているからか。

――きっと両方だわ。

喜んでもらえるならもっと頑張りたい。アリアは人に喜ばれることが好きだ。

手の速さ、力の強さを調整する。だらだらと零れる雫でアリアの手はさらにベトベトになった。

レナルドの腹筋に力が入っているようだ。ぴくんと動く筋肉を見ると、そちらにも触れてみたくなる。

――私も、少し変かも。レナルド様にたくさん触れたい。

彼の大きな手に触れられることも好きだが、自分からもっと彼に触れてみたい。背中や足の裏だけでは満足できていなかったようだ。

そっと唇を寄せる。ぷっくり膨れた雫をぺろりと舐めとると、レナルドの欲望がドクン

と一回り膨張した。

――もっと大きくなるの？

これが最大ではなかったのか。

「アリア、ダメだ！　そんなこと……！」

「お嫌でしたか？」

彼のものを舐めたが嫌悪感はない。口に含むのは少々厳しいが、舐めるくらいなら抵抗はない。

「君に舐めさせたいわけじゃないのに……、すまない。私に奉仕してくれる姿を見て滾《たぎ》るなんてどうかしている」

「私はうれしいですよ？　レナルド様が気持ちよくなってくれたら」

片手で支えながらそっと裏筋を舐めた。その瞬間、レナルドの我慢も限界に達した。

「グ……ッ」

咄嗟に楔を手で覆い、自身の手の中に吐精した。

みるみるうちに力を失ったものを見て、アリアは目を丸くする。

――これが子種なのね……レナルド様のものをほしいと思う女性は多そう……。

そんなことを考えていたからか。アリアのお腹の奥もズクンと疼く。

自分の身体にまで変化が出ていることに気づく。途端に羞恥心が湧き上がった。

「大丈夫か？　顔にかかっていないか？」

「え？　はい、大丈夫です。どこも無事ですから」

レナルドの手がどろりと汚れている。

アリアはすぐに洗面所に駆けて、濡らした布巾を持ってきた。

「どうぞ」

「ああ……ありがとう」

幸いシーツが汚れた気配はない。だが無言で手を拭う姿と見ていると、彼の葛藤を感じてしまった。

汚れた布巾を洗面所に戻し、しっかり手を洗って戻ってくる。スッキリした表情は元通りだが、どことなく気配が険しい。

「あの、もしかして後悔されてますか？　罪悪感を抱かれていたり……」

先ほどまで見せていた色香が霧散している。欲望を発散させたことにより、理性が上回ってしまった顔だ。

「……君に幻滅されていないかと思っている」

「何故ですか？　私から申し出たことなのに。むしろそれは私の台詞ですよ。急に舐めるような女は幻滅したと思われたらなんて謝罪したらいいかと……」

自分で言いながら反省する。積極的に触れて、舐めるような貴族令嬢は一般的ではないのでは。

——どうしよう。引かれたかも……？

恐る恐るレナルドを窺うが、彼ははっきりと「そんなことはない」と否定した。

「私が君に幻滅することはない。積極的なところも大変好ましい。むしろ愛情を感じてうれしいくらいだ」

「そ、そうですか？　よかったです」

レナルドに両手を握りしめられた。そのまま手を引かれて、彼の胸に抱き寄せられる。

「キスがしたい。してもいいか」

「え？　あ、でも、私さっきレナルド様のを舐めましたが」

「私は構わない。君の味を堪能したい」

なんとなく頷きがたい気持ちになったが、アリアはそっと目を閉じる。

腰に回った腕の力強さに身を任せて、彼の唇を受け入れた。

第五章

アリアと婚約してから早くも一週間が経過した。

毎朝彼女の「おはよう」から一日がはじまり、己の「おやすみ」でその日を終える。なんという充実した日々だろう。この喜びを味わってしまったら、彼女を知る前には戻れない。味気ない日常など心が死んでいるのも同然だ。

心身が安定すると仕事の生産性も上がるらしい。アリアと共に夕食をとるようになってからは残業も減り、急ぎではない仕事は翌日に回すようにしている。

もちろん朝の鍛錬も欠かさない。剣の腕が鈍ったらいざというときに愛しい婚約者を守れないからだ。

レナルドは王妃の呼び出しに応じた後、王宮内を歩いていると背後から声をかけられた。

「久しいな、レイヴンズクロフト団長」

「アルバーン団長」

青色の騎士服を着た男は第二騎士団の団長、ゴドウィン・アルバーンだ。

三十代半ばで、アルバーン子爵家の三男だが本人に爵位はない。第二騎士団は実力主義で平民も多く在籍している。彼らは主に王都の治安を守っており、平民との距離も近い。

「最近婚約したと聞いたが本当か？　おめでとう」

「ありがとう、あなたの耳にも届いているとは」

「そりゃあ～次期レイヴンズクロフト公爵は社交界の噂の的だからなぁ。夜会に出たらあちこちで噂が聞こえてくる。これから阿鼻叫喚《あびきょうかん》になりそうだな」

「なるほど。しばらく社交界には出ないでおこう」

アリアを見せびらかしたい気持ちもあるが、悪意に晒されるのは嫌だ。彼女は社交界デビューを果たしてから、一度も社交界に出てはいないとか。

——アリアを着飾らせたいが、屋敷内だけにしておくか。

いや、婚約式を豪勢に祝ったらいいのではないか。彼女に似合うドレスを仕立てて、身内と親しい人間だけを招いた小規模な婚約式なら他人の悪意にも晒されないだろう。

ゴドウィンと世間話をしつつ頭の片隅でそんな妄想を繰り広げていると、レナルドは最近の変化について指摘された。

「やっぱり、恋をすると人は変わるもんだな。レイヴンズクロフト団長が柔らかくなったってもっぱら噂だったから会いに来たんだが、噂は真実だった」

「私が？」

「ああ、なんつーか、表情が優しいというか穏やかというか。今までは気位が高く高潔で貴族の中の頂点という空気がピリッとしててな〜世間話をしたら睨《にら》まれるんじゃねーかって思っていたんだが」

「……」

知らなかった。そんな風に周囲から思われていたとは。

「すまない。私はそんなつもりはなかったんだが、無意識に圧を出していたんだろうか」

「ちゃんと話せばそんなつもりじゃねえっていうのは伝わるから気にしなくていい。それにとっつきやすくなったっていうのはいいことだろう。そんな風に変えた噂の婚約者殿に会ってみたいところだな」

ゴドウィンの目に好奇心が宿る。この男は根っからのお祭り好きで、楽しい気配を感じるとどこにでも現れることで有名だ。

「まあ、貴殿は既婚者だから会わせてもいいが」

「お？　意外と嫉妬深いんだな？　淡白かと思わせて情熱的だなんて、これから社交界が荒れるな！」

「余計なことは喋《しゃべ》らないように」

念のため釘《くぎ》をさしておく。情に厚く義理堅い男は妻子一筋なので心配ではないが。

「それで？　ただ私の近況を聞きにきただけじゃないだろう。本題はなんだ」

忙しいはずの第二騎士団長がわざわざレナルドのところにまで顔を出す理由は他にあるはずだ。近衛の第一騎士団と詰所が離れているため、なにか用事があれば副官か従騎士に頼めばいいだけだ。

「ああ、さすが勘がいい。ちょっと執務室に寄らせてもらおうか」

――人目を遠ざけた方がいい話か。

「わかった。人手があった方がよければ私の部下も呼ぶが」

「そうだな。では副団長と、あと団長の従騎士も同席願おうか」

レナルドは執務室ではなく、密談に適した地下の応接間に案内する。しっかりと防音対策が施されており、盗み聞きをされる心配が少ない。

「さすが第一騎士団。第二とは設備が違うな。普通は地下と言えば地下牢《ちかろう》になっているはずだが」

「うちが動くのは主に王族や高位貴族が相手だからな。彼らを捕らえるなら地下牢ではなくあっちの塔になる」

地下とは比べ物にならないくらい待遇がいい収監所だが、逃げ出すことはほぼ不可能。地上に続く出入口はひとつしかなく、鉄格子が嵌《はま》った窓が外れることもない。

「そりゃそうか」

しばらくして、ふたりの前にオリヴァーとケビンが現れた。レナルドは念のため、アリアの様子を伺う。

「アリアさんなら執務室で調べものをしてくださっているので、しばらくひとりで大丈夫とのことです」

「そうか。ありがとう」

「え、なんだ？　まさか婚約者を執務室に連れ込んでいるのか？」

ゴドウィンに食いつかれたが、レナルドは適当に流した。このままでは本題に入れなくなる。

「それで、アルバーン団長はいかがされました？」

オリヴァーがにこやかに尋ねた。

ゴドウィンはこの場にいるオリヴァーとケビンを交互に見比べて、「やっぱこっちだな」とケビンに視線を合わせる。

「君はレイヴンズクロフト団長の従騎士だな？」

「はい、ケビン・ヘイウッドです」

「ヘイウッド伯爵家の人間か。年齢は？」

「十五ですが……あの、僕なにかしでかしましたか？」

ケビンはゴドウィンにじろじろと眺められて委縮している。ガタイのいい男と、まだ成長途中のケビンとでは体格差が大きい。

「私の従騎士がどうかしたのか」

レナルドが助け船を出すと、ゴドウィンはようやく本題を切り出した。

「少し前から王都で失踪事件が発生している。昨日四人目の捜索願が出された」

「失踪事件？」

王都で発生した事件は第二騎士団の管轄だ。

住民の困りごとや落とし物から事件性のあるものまで様々だが、事件性が高いと判断されたものは騎士団長にまで上げられる。

「別に珍しくないんだよ。若い女性の失踪なんて単なる家出か恋人と駆け落ちとか。数日もすればひょっこり帰ってくることもあるんだが、今回はちょっと違う」

「違うというと、四人の失踪者に共通点でもあったか」

レナルドの問いに、ゴドウィンは頷いた。

「背格好と髪色が全員似通ってんだ。亜麻色の髪をした、こんくらいの大きさの若い女性だ。十代後半から二十代前半という共通点がある」

ゴドウィンは椅子に座りながら、おおよその身長を手で示す。

このくらいと言われた高さは平均的な身長よりやや低い。

「亜麻色の髪で小柄な女性……？」

ケビンの呟きに、レナルドとオリヴァーも反応した。全員が想像する人物はひとりしかいない。

「それで、何故私の従騎士が出てくるんだ？」

「ああ、ちょっと借りれねーかと思って」

ゴドウィンはあっけらかんと依頼したが、ケビンは顔をこわばらせた。

「つまりケビンを囮《おとり》捜査に使いたいということですね？」

オリヴァーが確認すると、あっさり頷かれる。

「断る。私の部下を危険には晒せない」

「そこをなんとか！　うちの者たちはみんな筋肉ムキムキなんだよ！　従騎士だって男くさい野郎ばかりで、女装が似合いそうな中性的な男は皆無なんだ！」

第二騎士団は腕っぷしが強く荒くれ者も多い。実力主義者でたたき上げがほとんどだ。貴族出身の者たちはほとんど近衛の第一騎士団に所属している。線の太さという点では、確かに明確な差があった。

「ケビンならギリ行けると思うんだ。まだ成長途中で、身長も一六〇くらいだろう？　線も細くて顔も可愛い。かつらをかぶって女物の服を着たら、失踪者と同じ条件になれると思って」

お前にしかできない仕事だ！　と、ゴドウィンがケビンの肩を叩いている。

頼りにされてうれしい反面、彼は微妙な顔をしていた。

「任務であればやりますが、複雑です……」

「大丈夫だよ、ケビン。お前はこれから大きくなるんだから。髭《ひげ》も生えていなくて女装が似合いそうだというのも、誇りに思っていい」

「めちゃくちゃ笑ってるじゃないですか、副団長！」

童顔で小柄。まさにケビンにしかできない任務だが、部下を危険に晒したくはない。

「お前が決めていい、ケビン。私は部下を危険に晒すのは反対だ。不安があるなら断っていい。囮以外でもやりようはある」

「団長……」

ケビンの目がうるっとしている。彼の忠誠心が刺激されたらしい。

「僕、やります！　誰もが振り返る美女になってみせます！」

「そうか、やってくれるか！　ありがとう、ケビン。だがうちの予算は少々厳しくてな、あまり大した服を用意できそうにないんだが……これを用意したら予算がカツカツになってしまった」

ゴドウィンは懐からかつらを取り出し、豪快に笑っている。予算を管理している彼の部下は苦労しそうだな、とレナルドは不憫《ふびん》に思えてきた。

かつらを受け取ったケビンはその場で試着した。多少手直しをする程度で問題なさそうだ。

「化粧をしなくても女の子に見えるな」

「女性物の服を着たら完璧だね」

ゴドウィンとオリヴァーの褒め言葉を受けて、ケビンは複雑そうに礼を言った。

「んじゃあ、準備できたら行くぞ」

「え？　まさか今日これからですか⁉」

哀れなケビンが狼狽《うろた》える。まだ衣装も用意できていないから無理だと濁そうとするが、オリヴァーが横から「アリアちゃんの服を借りたら？」と助言した。

「ダメだ」

「だよね。婚約者が着ていた服を他の男に着せたくないもんね」

レナルドは押し黙った。職務と感情を天秤《てんびん》にかけるが、やはり彼女を巻き込みたくはない。

「まあ、あてがあるので服は借りられるかと。それで、アルバーン団長。夕方から決行でいいですか？」

「日中から攫《さら》うなんて真似はしないと思うが、場所が場所だからなぁ。建物に連れ込まれたら一瞬だ。三時頃から王都をうろついて日が暮れた頃に撤退にしとくか」

緊張するケビンに、ゴドウィンはニカッと笑う。

「安心しろ、俺たちが後ろから尾行するから。なにかあっても助けられる距離にいてやる」

「ケビン、万が一のために暗器を所持しておくように」

治安の悪いところに部下をひとりで向かわせるのは忍びない。

「私もついて行こうか？」と、レナルドがゴドウィンに尋ねると、その場にいた全員に首を振られてしまった。

「お前は外見が派手すぎて無理だろう」

「人目を集めてどうするの」

「団長は目立つので……」

囮捜査などには向かないと言われ、レナルドは少しだけ疎外感を味わった。

そして予定通り、ケビンは美少女にしか見えない恰好をさせられて王都の中でも治安が悪いとされる十番通りに向かうことになった。

◆　◆　◆

――なんだか皆さん、今日は忙しそうよね。

人が少ない執務室は殺風景に感じる。レナルドは不在なことも多いが、副団長のオリヴァーにケビンまで一日会議で不在らしい。

その間、アリアは頼まれた調べものをしたり、届いた郵便物の仕分けをしていた。

――レナルド様宛ての夜会の招待状はここに届けられるのね。確かに一番確実ではあるけれど。

毎週のようになにかしら招待されている。人気者すぎて少し心配だ。

それだけ注目度の高い人だという証だが、婚約を発表後に招待状が増えるのはあれこれ詮索したいということか。

「中身を見ていないからわからないけれど……」

急に婚約したから話を聞きたいと思う人たちが多いのだろう。だが自らを売り込む女性も多そうだ。

モヤッとした気持ちを抱えながら黙々と作業をこなす。

一通だけ、あて先を間違えている郵便物を見つけた。

「あれ？　これは第一騎士団のじゃない。交ざっちゃったのかしら？」

よく見ると図書館の司書宛てになっている。仕分けのときに紛れ込んでしまったのだろう。

――急ぎの手紙だったら早く届けてあげた方がいいわよね。

レナルドたちが戻ってくるのを待った方がいいかもしれないが、彼らがいつ戻ってくるかはわからない。それに図書館なら何度か足を運んでいる。

——今は優先的に頼まれていることもないし、すぐに戻ってくればいいか。

図書館以外の場所であればケビンに依頼するところだが、幸い司書とも顔見知りだ。

アリアは執務室に残っている団員に行き先を告げて、部屋を後にした。

無事に図書館の司書に郵便物を届けると、お礼に飴《あめ》をいただいた。丸い飴玉が五、六個ほどガラスの小瓶に入っている。

「王都で人気の飴屋さんができていたなんて知らなかったわ」

黄色い飴はレモン味だそうだ。透明な小瓶に入っているだけで可愛らしい。

一旦ドレスのポケットにしまったが、せっかく貰ったのだから一個だけ食べようと小瓶を取り出した。

「あ、結構酸っぱいかも。あとほんのりハーブっぽさもあるような……？」

清涼感のある飴は大人向けかもしれない。甘さも控えめだ。

口の中で飴を転がしながら来た道を戻る。

しばらく歩いてからアリアは立ち止まった。

「……あれ、この廊下にこんな絵画が飾ってあったかしら？」

どこにでもありそうな風景画を眺める。王宮内は似たような廊下が多くて迷いやすいが、飾られている美術品は同じではない。

普段は気に留めていなかったのだろうか。アリアは周囲を見回し、自分が間違えた廊下に入ってしまったと思い至る。

——考え事をしていたのかも。確かこっちよね。

来た道を戻り、別の廊下に入った。

見覚えのある絵画を捜しながら歩き回っていたら、自分の現在地がわからなくなっていた。

——あれ、こっちじゃない？　じゃああの道を戻って左だったっけ？

目印の石膏像《せっこう》があったはずだ。何度も通っているのだから間違いない。

「石膏像がない……配置換え？　誰か移動させた⁉」

目当てのものを捜しているうちに入り組んだ道に入り込んでしまった。アリアは大人しく歩みを止める。

「……もしかして私って迷子？」

通い慣れた道をどうして間違えることができるのかがわからない。真剣に自分の記憶力に頭を抱えそうになるが、まずは人捜しだ。

——道に迷ったら尋ねればいいのよ……って、この台詞何度目かしら。

王宮に勤める女官がいたら助かるが、あいにく誰ともすれ違わない。

少々古めかしい廊下を見て、アリアは首を傾げた。あまり人通りが多いところではなさそうだ。

人気《ひとけ》のある方へ進む。曲がり角の近くから男性の話し声が聞こえてきた。

アリアはパパッと服装を整えて、愛想のいい笑顔を浮かべる。

「あの……」

すみません、と声をかけようとしたとき。男性ふたりが小瓶を手渡しているのを目撃した。

見た目だけなら先ほどアリアもいただいた飴の瓶に似ている。

──飴？　薬？　やましいものじゃなければ堂々とすればいいのに、こんな人気のない場所で渡す必要ってある……？

男たちはどこの部署に所属しているかもわからない。

アリアは直感的に、このふたりには話しかけない方がいいと判断した。ろくでもない取引現場を目撃したとは思いたくない。

──よし、別の方角へ行ってみましょう！

静かにその場から立ち去ろうとした瞬間、男のひとりに「おい！」と声をかけられた。

「……っ！」

「ここでなにをしている？」

それはこちらの台詞です、と心の中で呟きながら、アリアは渋々振り返る。なんだか非常に既視感を覚える。

「ただの通りすがりですが……道に迷ってしまって」

迷子で困ってるんです！　と最大限訴えられるように両手を胸のあたりで組んだ。よくわからないが、昔パン屋の近所に住んでいたお姉さんから、殿方へのおねだりはこうやるといいと教わったのだ。上目遣いも忘れるなというのを思い出す。

だが相手の男と視線を合わせたとき、アリアの背筋が冷えた。

一体何日徹夜しているのだろうと思わせるほど目の下に濃い隈《くま》があった。目の奥はギラギラと暗い光を宿しており、異様と言わざるを得ない。

「お、お騒がせました……多分あっちなんで大丈夫です」

逃げよう。ここにいない方がいい。

ひとりならまだしも、隈の濃い男がふたりもいるなんてどこかおかしい。

今すぐ走りだしたいのを堪えていると、男のひとりに名を呼ばれた。

「もしや第一騎士団が囲っている伯爵令嬢じゃないか？　確かアッシュフィールド家の娘だろう」

「なに？　あのレイヴンズクロフトの婚約者になったという……これがか？」

値踏みをされるような視線に晒される。これがという言葉には蔑《さげす》みが込められていそうだ。

「見つけたら攫えと命じられていたよな」

「ああ。それに目障りに思っている人間も多い。有名人の婚約者になるなんて恨みを買うだけだろうに」

「仕方ねえ、連れて行くか」

「ど、どちらへでしょう……？」

アリアは愛想笑いを消した。そしてお腹の底から大声を出す。

「ああー！　団長⁉」

男たちがビクッと怯《ひる》んだ瞬間、全速力でその場から駆け出した。

――どこでもいいから明るい場所へ！

いつもの方向音痴は大人しくしていてほしい。そう願いながら前だけを見て走る。

「クソ、足が速い！」

「なんでドレスであれだけ走れるんだ！」

――生まれつきです！

逃げ足の速さと持久力には自信があるのだ。

――来た道を戻って誰かに助けを求めなきゃ……あ、人がいた！

目の前からやって来た男性がギョッとした顔をしている。

王宮内で人に追われるなどただ事ではない。すぐに人を呼んでくれるはずだ。

「すみません！　助けてください！」

「どうかしましたか？」

「知らない人に追われてて……！」

身なりのいい男性だ。王宮勤めの人だろう。

「追われてる？　一体なにごと……」

とにかく匿ってほしい。

バタバタと走ってくる男たちから庇《かば》うように、サッと空き部屋に隠してくれた。アリアはほっと息を吐く。

このまま男たちが去ってくれたら、急いで騎士団の詰所に戻ってレナルドたちに報告しよう。

だが予想に反して、男たちの足音はアリアを隠した男の前で止まった。

「君たち、あれほど周囲には気を配るように伝えていたよね」

――……え？

扉越しに聞こえてくる声には呆れが混ざっている。今の言葉はまるで男たちと顔見知りのようではないか。

「すみません、男爵」

アリアの肩がビクッと跳ねた。身なりがいいと思っていた男は貴族らしい。

嫌な汗をかきそうになる。

——もしかしなくても、この三人はお仲間なのでは……⁉　私ってば、仲間の貴族に助けを求めたの⁉

どうして毎回、迷子になっただけで余計な問題に巻き込まれるのだろう。何故こうも間が悪いのか。

窓からの脱出を試みようとするが、固く閉ざされていて開かない。他の出口はなく、空き部屋に閉じ込められてしまった。

「待たせたね。君は運が悪いようだ。……いや、私たちの運がいいようだが」

——どういう意味？

扉を開いた男たちは皆、よく見ると瞳孔が開いている。なんらかの薬物を摂取しているようだ。ゾッとするほど冷たくて暗い目に吸い込まれそう。

「私をどうするつもり……って、あ、れ……？」

足に力が入らない。

視界がぐにゃりと歪《ゆが》んで、身体の平衡感覚が機能しなくなる。

——目が回る……気持ち悪い。

こんなところで倒れるわけにはいかない。だが急激な眩暈《めまい》に襲われて、目の前の男たちの顔が霞《かす》んできた。

「なんで……」

床に倒れた直後、カツンとなにかがぶつかる音がした。コロコロと転がる音を聞いて、先ほど図書館の司書から貰った飴の小瓶を思い出す。

まだ一粒しか食べていないのに、あれも没収されてしまうのだろうか。

「なんでこれを」

「いいから運べ」

乱暴に肩に抱え上げられた。内臓が圧迫されて苦しい。

――レナルド様……。

朦朧《もうろう》とした意識の中、アリアはレナルドの顔を思い浮かべていた。

◆　◆　◆

ゴドウィンとの話し合いに捕まった後、レナルドは別の用事を済ませてから執務室へ戻った。不在にしていた時間は二時間程度だが、早くもアリア欠乏症に陥りそうだ。

早く彼女の「お帰りなさい」が聞きたい。ギュッと抱きしめるのは屋敷に戻ってからになるが、朗らかな笑顔で労《ねぎら》われると疲れが浄化されるだろう。

だが執務室の扉を開けた瞬間、レナルドは眉を顰《ひそ》めた。

様子のおかしい部下たちに声をかける。彼らはアリアが戻らないと告げた。

「どこに行ったんだ」

「それが図書館に郵便物を届けに行くと。誤って届いた手紙を届けるだけなので、すぐに戻ってくると言っていたのですが、不在にしてからもう二時間近くになります」

どんなにのんびり歩いたとしても、往復で三十分もあれば行ける距離だ。

また王妃のお茶会に偶然誘われた可能性もゼロではないが……レナルドは胸騒ぎを覚えた。

「オリヴァー、王宮内に不審な人物の目撃情報が入っていないか探ってくれ。嫌な予感がする」

「わかった。まさかここで堂々と誘拐が発生したとは思いたくないけれど、念には念を入れた方がいいね。それで、団長はどうされるんですか？」

「王妃様の元へ行く。突発的にお茶会に招かれた事例があるからな。だがなにもなかったとすれば、アリアの足取りを追いたい」

「団長は目立つからあまり動きすぎない方がいいかと。万が一、王宮内に誘拐犯がいたとしたら、きっと動向を探られていると思うので」

オリヴァーの指摘も一理ある。

レナルドは歯がゆい気持ちになった。

「判断を誤った。アルバーン団長に囮を持ちかけられた時点でアリアを屋敷に戻しておくべきだった」

亜麻色の髪をした女性が行方知れずになっている。

それを聞いたレナルドたちは、すぐにアリアを思い浮かべた。背格好も年齢も、皆アリアと酷似していた。

彼女との暮らしが楽しすぎて忘れそうになっていたが、レナルドはアリアを保護という名目で囲っているのだ。

元々第二騎士団には王都の見回りを強化させて、怪しげな取引がないか探るように協力を依頼していたが、アリアの特徴はあえて伝えていない。余計な情報を伝えた方がアリアの安全が脅かされると思ったから。

――もしも攫われたとすれば、私たちは後手に回ったということか。

「団長、図書館へは俺たちが向かいます」

アリアに言伝をされていた団員が申し出た。誰かがついて行けばよかったと罪悪感を覚えているのだろう。

「わかった、任せよう。それと、お前たちのせいではない。護衛は不要だと判断したのはアリアで、読みが甘かった私の責任だ」

とにかく彼女の目撃情報が必要だ。

ゴドウィンにも協力要請をするようにとオリヴァーに告げる。

「最近不審な業者の出入りがないか洗いだした方がいいね。新しく取引を開始した業者を徹底的に」

オリヴァーが部下に指示を出す。

レナルドは平常心を装いながら、念のため王妃の元へと向かう。

ケビンの囮捜査が不発に終わったのを知ったのは、それから少し後のことだった。

第六章

王宮内は安全だと信じていたが、そんなことはなかった。

まさか昼間に堂々と誘拐されるなんて、これでは王都の下町の方が治安はいい。

──う……ん、喉が渇いた……頭が痛い。

まるで度数の強いアルコールを飲んだ後のような感覚だ。こめかみあたりがズキズキと痛む。

ぼんやりとしたまま、アリアは目を開けた。

殺風景な部屋には寝台がひとつあるだけ。どこかの屋敷のようだが、さほど手入れはされていないようだ。

──王宮からどのくらい離れているのかしら。もう日が暮《く》れているわ。

窓から月明りが入ってくる。廊下に繋がる扉から外の灯《あか》りも漏れていた。

丸一日寝ていたわけではないなら、攫われてから数時間しか経っていないだろう。馬車に乗せられたとしても、王都からそう遠くはないはず。

寝台の近くに水差しが置かれている。

アリアは用心深く確認し、クンッと匂いを嗅いだ。

――沈殿物はなさそうだけど、なんか変な臭いがする……どこかで嗅いだことがあるような？

草っぽさのある臭いだが、なにかはわからない。ハーブ水だと言われたら信用するかもしれない程度だが、用心するに越したことはない。

――やめておこう。変なものが混じってるかも。

カツンカツン、と靴音が聞こえてきた。咄嗟に寝台に横になって目を閉じる。

扉が開く音がした。外の灯りが室内に差し込んだのがわかった。

「……目が覚めたようだな。起きろ」

男の声がした直後、アリアの顔に水がかけられた。

「きゃ……ッ！」

咄嗟に顔を背けた。水差しの中身をかけられたのだ。

「……げほ……ッ、乱暴すぎませんか」

――鼻に入った！

鼻の奥がツンとする。幸い口は閉じていたため飲み込まなかったが、顔も服もびしゃびしゃだ。

まさか寝ている人間に水をかけるなど、どういう神経をしているのだろう。

――どうしよう、心臓が痛い。ものすごく怖い……！

水差しを持った男はアリアを追いかけた男ではない。見たことのない人物だ。

男は「来い」と一言だけ告げると、水差しを壁に投げつけた。ガラス製のため、甲高《かんだか》い音とともに壊れた。

「ひ……っ」

悲鳴を上げそうになるのを堪える。なにが男の癇《かん》に障るかわからない。

――下手に刺激しない方がいいわ。

きっと今頃レナルドたちが動いてくれているはずだ。図書館から戻ってこないとわかればすぐに捜してくれるはず。

幸いアリアは靴を履いたままだった。

シーツの上に寝かせられていただけなので、そのまま床に足を下ろす。衣服に乱れはなく、暴行を受けた気配もない。

水を被ったおかげで頭はすっきりした。

肩から胸元は濡れているが、我慢できる程度。

ついて来いと言われた通り、アリアは男の後をついて行く。やはりどこかの屋敷のようだが、廃墟《はいきょ》になっているのだろう。

――外は森？　木で覆われているみたい。もしかして山の中とか？

王都から一番近い山はどこだったか。頭の中で地図を思い出そうとする。

「入れ」

男に連れられたのは広間だった。

天井からガラスのシャンデリアが吊るされており、他の部屋と比べると手入れがされているようだ。

――他に人がいる？　若い女性……？

長椅子やラグの上に座る女性が数名。クッションにもたれかかり、皆ぼんやりしている。起きているのに寝ているみたいだ。彼女たちの目は虚《うつ》ろだった。

そしてその女性たちは皆、アリアと似たような亜麻色の髪をしていた。

「……っ！」

ドクン、と心臓が嫌な音を立てた。自分と似た髪色の女性ばかりが集まっているのは単なる偶然か、それとも意図的か。

コツン、とつま先になにかが当たった。親指ほどの大きさの飴だ。

――司書さんがくれた飴玉に似てる？

郵便物を届けた礼にと、黄色の飴が詰まった小瓶をくれた。一粒しか食べていないが、レモンの酸味が程よくておいしかった。

アリアのドレスのポケットに小瓶は入っていない。男たちに盗《と》られたようだ。

女性のひとりがガラス瓶に詰まった飴を取り出そうとしている。そちらはピンク色の飴のようだ。がりがりと爪で瓶の蓋《ふた》を引《ひ》っ掻《か》いている姿は、まるで褒美をねだる動物のよう。

――なんか……変だわ。気持ち悪い。

異様な空気が肌をざわつかせる。

なにがどう変なのかは表現しがたいが、この場から早く離れないと自分も彼女たちのように正気を失ってしまうかもしれない。

男は広間を突っ切ると、中庭に出た。ここは貴族の屋敷だと思っていたが、今はもう使われていない修道院のようだ。

――なにが目的なの？　私をどうしたいの？

やみくもに逃げる方が命を危険に晒す。彼らの目的がなんなのかはわからないが、今は大人しく従うほかない。

中庭に隠された通路を通ると、裏庭に繋がっているようだ。開けた場所は作物を育てているように見える。

――畑よね？　いえ、でも畑にしては手入れが大雑把《おおざっぱ》というか、生やしっぱなしだわ。

なにを育てているのかもわからない。アリアは野菜を見慣れているが、夜の畑では判別できそうになかった。

「おい、お前たち。女を連れて来たぞ」

アリアはビクッと肩を揺らした。

――他にも人がいるの？　男性が数人もいたら逃げにくいわ。

下手な行動に出て奴《やつ》らを逆上させた場合、アリアは野生動物の餌にさせられるかもしれない。ここは街から離れた廃墟だ。簡単に王都に帰れる場所ではない。

暗闇から出てきた二名の男を見て、アリアは身体をすくませた。はっきりとは覚えていないが、ひとりは王都の十番通りでアリアを執拗《しつよう》に追ってきた男に似ている。

「こいつで間違いないな」

「っ！　そうだ、その女だ。逃げ足の速い女！」

今さらアリアになんの用だろう。たまたま通りかかっただけで、チラリとしか男を見ていないというのに。

「そうか。ではアリア・アッシュフィールド」

「……ッ！」

――私の名前！

レナルドの婚約者として知られているなら、名前も簡単に調べられるのだろうか。気味の悪さを堪えながら男と対面する。

「覚えていることを吐け。あの日、なにを見た？」

「え……？　特に、なにも……」

「いいや、お前は見たはずだ。伯爵令嬢なら貴族の家紋にも精通しているだろう」

──私が家紋を見たとでも言いたいのね？

そんなことを言われても、アリアは覚えていない。ふたりの男がなにかを受け渡している現場をちらりと見ただけで、どこに家紋が入っていたというのだろう。

「あの、私は伯爵令嬢と言っても、社交界にもほとんど出ていないので家紋も詳しくありません」

「詳しいかどうかなど聞いていない」

「……すみません」

咄嗟に謝罪する。これはなにを言ってもアリアには不利だ。

──つまり、なにかの裏取引に貴族が関わっていて、その貴族の命令で私を捕まえようとしていたってことね？　王宮で捕まったときは男爵と呼ばれる人がいたけれど。

それにアリアが攫われたのはレナルドの婚約者だからという理由もあったようだ。目障りな存在だと、知らないうちに嫉妬を買っていたらしい。

恐らくレイヴンズクロフト家に取り入りたい家と、彼らの取引に関わっている家は同じはずだ。どちらにせよアリアが邪魔ということで間違いないが、自分がそれほど重要人物だとは思えなかった。

――まだ状況がよくわからないけれど、最悪の場合は助からないのでは……？

身代金目的ならなんとでもなるが、存在自体が邪魔であればアリアを生かす意味がない。違法な取引に関わっている貴族が男爵だけとも限らない。

――今すぐ逃げたいけれど……でも、迂闊な行動には気を付けないと。それにできるだけ情報を仕入れて時間稼ぎをした方がいい。

まだ消されると決まったわけではない。アリアはグッと下腹に力を込める。

「あの日はただ迷い込んでしまっただけなんです。この方がなにかを手渡しているのはチラリと見えましたが、興味もないのでじろじろとは見ていません。おふたりの顔も覚えていません。本当です」

「そうか。だが嘘か本当かなんてどうでもいい。それにお前ももう関係者だ」

「どういう……？」

男がアリアに小瓶を見せた。

飴玉が入ったそれはアリアが貰ったものと同じだ。

「これはただの飴じゃない。そこにたんまり生えている草が練り込まれている」

「え？」

「もちろんただの草じゃない。この国では違法で、ちょっとした副作用のある麻薬だ」

――麻薬……まさか麻薬の犯罪組織⁉

ただの作物ではなさそうだと思っていたが、麻薬だとは思わなかった。

この国では鎮痛剤として使用する麻薬以外は認められていない。だが昨今は麻薬の密輸が増えているとの話を騎士団から聞いたばかり。

外国から種を仕入れて栽培されたら厄介だという話も小耳に挟んでいた。幻覚作用があるだけでなく、精神を高揚させて長時間睡眠を不要にするとか。

つまりアリアが目撃したのは違法薬物の取引現場だったようだ。その栽培所に案内されて無事に帰れるはずがない。

――隈の濃い男たちは麻薬の常習犯で、寝なくても動けるんだわ。

広間で見かけた女性たちも麻薬を摂取させられているのだろうか。彼女たちも被害者なら、すぐにでも治療しないと大変なことになる。

「その飴は王宮の図書館の司書からいただいたものです。王都で購入した飴だと言ってました。あなたたちが言う薬物とは関係ありません」

「図書館の司書？　ああ、エディのことか。残念だが、奴もこれの常習者だ」

「えっ？」

「あいつは人畜無害の顔をして、飴の信者を作ってるんだ。ようは金を集める係だな」

――なんてこと……王宮内に犯罪組織が潜り込んでいるなんて！

お試し用の飴として配り、気に入った者にはさらに効能が強いものを渡す。そうして麻薬を手放せなくさせて多額の金を得る。その金が犯罪組織を潤わせて、さらに強い麻薬を開発する。

「一個食べた程度じゃ大した効果はないが、まあ慣れないうちは眩暈や頭痛がするだろうな。だがひと瓶も食べればやみつきになって、精神が高揚して嫌なことを忘れられる。寝ないで仕事だってできる。現実逃避にはうってつけの、夢のような飴だ」

だがこの麻薬はまだ半分程度しか効能を引き出せていないそうだ。

栽培した葉からエキスを煮出し、飴に混ぜてデータを集めている段階らしい。お茶のように飲むには苦すぎて適さず、焙《あぶ》って煙を吸うと効果が強すぎるそう。

「ここはな、ちょうどいい方法を探るための研究施設だ。飴に混ぜたらどの程度で中毒症状を起こすか実験中ってことだ」

「あの女性たちは、その実験に強制参加させられているのですか」

「ああ、光栄だろう？　選ばれた者たちだけが楽園を体験できる」

「……っ！」

楽園を見ているような顔ではなかった。アリアの全身に鳥肌が立つ。

——どうしよう、こんな状況に巻き込まれるなんて考えてもいなかった

アリアの意識が朦朧としたのも、麻薬の成分を取り入れたことによる拒絶反応ではないか。

——落ち着いて。一個食べた程度なら影響はない。

果たして本当にそうかはわからないが、身体に効いている感覚はない。高揚感もなければ幻覚も見ていない。

「……私をどうするつもりですか。あの女性たちの世話係をさせるつもりですか？」

「それもいいが、まずは高潔な騎士団長を麻薬漬けにしてもらおうか。レイヴンズクロフト公爵家が背後にいたらもっと動きやすくて好き放題できる。それに王族も巻き込めたら、これは違法物ではなく立派な合法になる」

「誰がそんなこと……！　死んでもお断りだわ！」

——レナルド様を犯罪に巻き込むなんて絶対嫌！

「なら死ぬか？」

「……ッ！」

人を人とも思っていない怜悧な眼差しがアリアを凍らせた。

主犯の男がアリアにナイフを投げようとした瞬間。

「行け」

簡潔な命令とともに、アリアの背後から数匹の犬が現れた。瞬く間に男たちに飛び掛かる。

「うわあっ！」

ある。

いつの間にかアリアの周囲を照らす灯りが増えた。男たちに襲い掛かる犬には見覚えが

――犬⁉　えっ、なんで⁉

獰猛《どうもう》な犬が男の腕に噛みついた。他の二名は足に噛みつかれていた。

「団長の屋敷の番犬たち……？」

背後から抱きしめられた。嗅ぎ慣れた香りがアリアの身体を包み込んだ。

「ああ、そうだ。待たせた、アリア。無事か？」

「レナルド様……⁉　なんでここに……」

「遅くなってすまない。本当はもっと早く来たかったんだが、少々手間取った。怪我はしていないか？」

優しい声をかけられて、アリアの涙腺が崩壊した。

次から次へと涙が零れて止まらない。

「あ……、あの……っ」

「怖い思いをさせてすまない」

「れ、レナルド様……私」

身体を反転させられて、レナルドの胸に抱き着いた。

他の人間に泣き顔を見られなくてよかったと思いながら、アリアは必死に涙を堪えよう

とする。

「ごめ、んなさい……迷惑をかけて」

「違う、君はなにも悪くない。ただ少し間が悪くて運も悪かっただけだ」

それはその通りだ。アリアは素直に頷いた。

「それに悪いのは私だ。君から目を放さないようにしなくてはと思っていたのに、こんなことに巻き込んでしまった」

やっぱりアリアからは片時も目を放してはいけなかったと懺悔《ざんげ》される。

くすぐったい気持ちを味わいつつ、ずっと四六時中一緒なのは困るとも思ってしまった。

——ああ、どうしよう。うれしくて満たされる。

レナルドの過保護なところも好きだ。少し困ったところもあるけれど、その気持ちが素直にうれしい。

ギュッと抱き着くと抱きしめ返してくれる。この安心感は他の人からは得られない。

「涙は止まったか？」

目の下をそっと拭われた。いつの間にか涙は止まっていた。

「はい、ブサイクな顔を見せてすみません」

「なにを言う、可愛すぎて独り占めしたくなる顔だ。君の泣き顔は私にしか見せてはいけない。いいね？」

そう簡単に人前で泣くなんて失態を犯すつもりはないのだが、レナルドから妙な圧を感じた。アリアは大人しく頷き返す。

「うん、いい子だ」

後頭部にキスをされて、アリアの顔は沸騰しそうになった。

――なんだかいつも以上に甘い気がする⁉

職務中にこんな空気を纏っていたら周りも困るだろう。そう思ったところでハッとした。

「レナルド様、ここの犯罪組織は……」

「もう捕縛済みだ。奴らがなにをしていたのかも聞いている」

どうやらレナルドたちはとっくに建物を包囲していたらしい。だがすぐにとり押さえることなく、アリアを攫った目的を吐かせたそうだ。

――なるほど。ちゃんと証言を得てから動いた方が言い逃れできないものね。

第二騎士団の精鋭たちが誘拐犯を捕縛し、女性たちを保護したそうだ。彼女たちはしかるべき医療機関で治療を受けることになるだろう。

「そうでしたか……よかったです。でも、皆さんはどうやってここへ？」

アリアが攫われてから半日も経たずに見つけてくれるとは思わなかった。なにか手掛かりがあったのだろうか。

「図書館に向かったという情報を元に君の足取りを追った。それから王宮に出入りする怪しい業者がいないか洗いだして、ついでに図書館の司書についても怪しいところがないかと探ったんだ。君と関わりのあった人物に不審な点がないか徹底的に調べた方がいいからな」

数か月前から司書の男は飴を配っているとの情報を入手した。なんの変哲もない甘い飴だが、ひと瓶食べきるともっとほしくなるらしい。

その飴の出どころは王都の菓子店だというが、そこで売られている飴とは小瓶は一緒でも中身が異なるそうだ。

そうして調べるうちに違法薬物との関連に辿り着いた。

「元々この違法組織の件と、王都で発生していた失踪事件は第二騎士団が追っていたんだ。飴の件はうちの団員が小耳に挟んだことがあったらしく、引っかかっていたらしい」

王宮内で不審な動きがあれば第一騎士団が動く。アリアは気づいていないだけで、彼らは日々、王宮内の秩序を守るために動いていたようだ。

「人海戦術で君を見つけたというのが正しいが、うちの番犬も役に立ったぞ。君の匂いを辿らせたらここに行きついたからな。優秀な犬たちだろう?」

「す、すごいですね……ありがとうございました。皆様とお犬様たちのおかげですね」

屋敷の番犬は、見た目は怖いが利口で愛嬌《あいきょう》があって、懐くと可愛いと言われていた。アリアも少しずつ接触していたが、まだお腹を撫でさせてくれるほど懐かれてはいない。

――でも私のことを覚えてくれていたのね。

アリアを襲わず男たちだけに襲い掛かった。信頼関係が生まれていたように感じる。

ふいに身体に巻き付いた腕が離れていく。

レナルドの温《ぬく》もりが遠ざかると、寂しさがこみ上げそうだ。だがすぐに、アリアはレナルドのジャケットを着せられた。

「え、あれ？　あの、これは……」

初対面のときの再現のように、ジャケットで簀巻きにされている。袖がぐるりと身体に巻き付いて、最後にギュッと結ばれてしまった。

「レナルド様？　私、動けないのですが」

「そうするために結んだからな」

動けなくさせるために身体の自由を奪うとは。疑問符を浮かべていると、アリアはレナルドに抱き上げられた。

「きゃ……っ！」

「馬車まで私が運ぶ。楽にしていていい」

「あ、ありがとうございます……」

――今が夜でよかった。

顔が熱い。抱き上げられるのははじめてではないのに、気持ちがすごくドキドキしている。

　青い制服を着た第二騎士団の騎士たちとすれ違う。彼らの驚いた顔が気恥ずかしくて、アリアはそっと顔を伏せた。

　——婚約者を簀巻きにして運んでいるなんて、見慣れない光景よね。

　ちらりと見上げたレナルドの表情は凛々《りり》しい。月明りに照らされた美貌は思わずため息を零したくなるほど綺麗で見惚れてしまいそう。

「うん？　どうした？」

「い、いいえ、なんでも……！」

　すぐにアリアの視線に気づいたレナルドが微笑みかけた。優しい眼差しと甘い笑みを見せられて、心臓がギュッと絞られそうだ。

「レイヴンズクロフト団長、婚約者殿は無事に保護できたようだな」

「ああ、危ないところだったが間に合った。手を貸してくれて助かった、アルバーン団長」

　——第二騎士団の団長だわ。はじめてお会いしたけど、大柄で逞しい。

　十分鍛えられているレナルドが細身に見える。横幅もがっちりしており、見るからに荒事にも慣れていそうだ。

　視線が合うとにかっと笑ってくれた。下町育ちのアリアには親しみがわく。

「挨拶はまた今度。少し落ち着いた頃にでも事情を聞かせてもらうことになるが」

「わかっている。そのときは私も同席しよう。それでいいか？　アリア」

「はい、もちろんです。よろしくお願いいたします」

すぐに事情聴取をしたいはずなのに、アリアの精神的な負担を鑑みてくれる。彼らの配慮に頭が下がった。

――皆さん、優しいな……後日きちんとお礼をしよう。

馬車に乗り込むと、アリアは以前と同じくレナルドの膝の上に座らせられた。初対面のときは緊張して落ち着かなかったが、今は安心感しかない。

「ここはどのくらい離れているんですか？」

「王都から北に四十分ほどの場所だ。眠かったら寝ていていい」

頭が冴えていて眠気は感じられない。

「レナルド様、これ解いてほしいです」

「……どうして？」

「だって、これではレナルド様に抱き着けません」

ほとんど光が差し込まない馬車の中でも、レナルドの視線の強さを感じる。彼の瞳に情欲の焔が灯《とも》ったようだ。

「いけない子だ、アリア。そんな風にねだられたら、私は浅ましい獣になってしまう」

「獣……？」

——立てば彫刻座れば絵画、歩く姿は人間国宝とまで呼ばれている人が？

オリヴァーにこっそり教えてもらったときは感心したものだ。にこりとも笑わない姿は美しすぎて呼吸を忘れそうになるらしい。

獣という単語からはかけ離れているように感じる。

——ちょっと見てみたいかも。

アリアの好奇心が疼きだした。

「どんとこいです。獣になったレナルド様も絶対かっこいいので」

「君はそうやって無邪気に煽ることを言う。無責任な発言は身を滅ぼすぞ？」

そう言いつつも、レナルドは簀巻き状態のジャケットを解いた。

両手の自由を得ると、アリアはレナルドの肩に手を置いた。正面から向かい合わせに彼の膝に座り直し、そのままギュッと抱き着く。

「ふふ、やっと抱きしめられました」

彼の目がスッと細められた。

頬をそっと撫でられて、そのまま唇を塞がれる。

「……ッ！」

甘く下唇を食まれた。口を開いてほしいという合図だろう。

レナルドの舌先がアリアの唇を舐める。ぞわぞわとした震えが背筋に走り、身体から力が抜け落ちそうだ。

「あ……ン」

レナルドの舌がアリアの口内に侵入した。クチュリ、と唾液音が響く。

──身体の奥から熱い……。

口内の熱さも彼に伝わっているだろう。縮こまる舌を引きずり出されて絡められた。アリアの素直な身体はドロドロに蕩けそうだ。

「はぁ……ん……ッ」

背中を撫でる手つきもいやらしい。レナルドに触れられるだけで神経が集中し、頭の芯も痺れそうになる。

「甘くて柔らかくてたまらない」

「あぁ……っ」

丸い臀部を撫でられた。その感触だけでアリアの身体がビクンと反応する。

──どうしよう……これ以上触れられたらほしくなっちゃう。

馬車の振動にも翻弄される。

レナルドにまたがりながら抱き着いているため、身体の負担は最小限に抑えられているが、上下の動きはまるで彼と疑似体験をしているかのよう。

「はぁ……今すぐ君の純潔を散らしたくなる」

「……ッ！」

熱っぽい発言に心が震えそうだ。そんな風に強く求められたら、アリアの心臓がどうにかなってしまう。

「ど、どうぞ……って言ったら？」

レナルドの目が見開かれた。

はあ、と盛大に息を吐かれる。

「君はわかっていない。そんな風に私を喜ばせるなんて危険すぎるぞ」

「じゃあ、いらないんですか？」

「そんなことは言ってない。でも、ここでは君の負担が大きい」

最後まで繋がるなら屋敷に帰るまで我慢するべきだ。

彼の常識的な発言を聞いて、アリアは少々落胆する。

――ここだと私がまたがって、レナルド様の立派なアレを飲み込むことに……？

想像したら淫らすぎた。アリアの顔が真っ赤に熟れる。

「そうですね。今日は汗もかきましたし、埃っぽいところに寝かせられていましたから、汚れをきちんと落とさないと」

好きな人には綺麗な身体を見てもらいたい。清潔感は大事だ。

レナルドの膝から下りようとするが、何故か彼は阻止した。

「私から離れることは許可していない」

「ええ？」

腰に腕を回されてギュッと抱きしめられる。

これではまるで、レナルドがアリアに縋っているかのよう。

――なんだか少し可愛いかも……。

「あの、辛くないですか？　いわゆる生殺し状態ってやつでは？」

「その通りだが、君が離れる方が辛い」

そっとレナルドの頭に触れた。形のいい頭蓋骨《ずがいこつ》と柔らかな髪を堪能する。

「アリア？」

困惑気味に名前を呼ばれた。きっと彼は滅多に頭を撫でられたことはないだろう。

「普段のお返しです」

彼はアリアを撫でたがる。あちこち触れられるのは気持ちいいので好きだ。

見た目よりも柔らかな髪に触れながら、アリアは素直な気持ちを告白する。

「レナルド様、好きです」

「……ッ！　急にどうした？」

「なんだか無性に言いたくなりました。自分の気持ちは伝えられるときに伝えておきたくて」

もう会えないかもしれないと思ったとき、アリアは後悔した。

もっとレナルドに言いたいことがあったはずだ。感謝と好意と、率直な気持ちを。

そして同じくらい、アリアは伯爵夫妻にも最後に会いたくなった。

彼らはアリアを蔑ろにしたことはなかった。他人行儀だったのはアリアの方だ。

自ら壁を作り、甘えてはいけないと思っていたのだ。

——ここで気づけたなら、きっと変われるわ。

距離があるなら少しずつ歩み寄りたい。しなかったことを後悔するより、やってから悔いた方がいい。

「私は改めて、自分の気持ちに正直に生きようって思いました。じゃないと、ああしておけばよかったって後で思うから。大事な人には積極的に言葉で伝えなきゃダメだって気づけたんです」

そっとレナルドの前髪を指ではらう。

額にチュッとキスを落とすと、彼は呆然と目を見開いた。

「好きです、レナルド様。愛してます。私をあなたのお嫁さんにしてくれますか?」

「アリア……ッ!」

グッと眉間に皺が刻まれた。なにか感情を堪えるように。

次の瞬間、アリアはギュッとレナルドの胸に抱き込まれる。

「私の方こそ、改めて君に申し込みたい。君を愛している。私と生涯を共にしてほしい」

「はい！」

「今までは自分の気持ちは隠すべきだと思っていたが、これからは積極的に伝えようと思う」

――隠されていたっけ？

「うれしいです」

あれで？　と思わなくもないが、彼の気持ちは素直に受け止めた。

――レナルド様の考えなんて常人にはわからないものね。

すりすりと彼に甘えるように顔をくっつける。レナルドはいつからアリアを好きになったのだろうか。

「それで、レナルド様はいつから私のことを……その、好ましいと思ってくださったのですか？」

恋に落ちるには時間など関係ないのかもしれないが、きちんと確認したことがなかった。

期待を込めてレナルドを見つめると、彼はしばし考えこむ。

「多分、一目惚《ひとめぼ》れというやつなんだと思う。女性が橋から落ちてくるなんて一般的ではないだろう。そのときの衝撃と危なっかしさにヒヤヒヤして、君の笑顔を可愛いと思えて、目が離せなくなった」

　誰かに一目惚れをされる経験なんてはじめてだ。

　アリアの身体が火照《ほて》りそうになる。

「可愛くて危なっかしい生き物を野放しにはできないだろう？　半ば強引に屋敷に住まわせたが」

「そうだ。あれは皆さんにもしているわけではないですよね？」

　もしも自分以外の女性が同じような危機に陥ったとき、彼らは義務として騎士団の詰所に囲うのだろうか。

「もちろん違う。そもそも近衛の第一騎士団の管轄は王宮内だ。王都で発生した事件は第二騎士団が取り締まる。本来なら君の面倒をみるのも先ほど会ったアルバーン団長の隊になっていただろうが……私がそうしたくなかった」

　抱きしめる腕に力がこもった。まるでレナルドに縋られているかのよう。

「……他所に預けたくないと思ってくださったのは、私に一目惚れをしたから？　レナルド様が面倒をみたいと思われたのですか？」

「ああ、そうだ。君を誰にも譲りたくない」

「……っ」

　心臓がふたたびキュウッと収縮した。

胃の奥で小魚がちゃぷちゃぷと跳ねている。この感覚にはもう慣れっこだ。

——きっとレナルド様も、感情の変化に戸惑っていたのよね。通常であればここまで面倒をみない人だもの。

——でも、あれ？　そういえば何故レナルド様たちは王都にいたんだろう？

王宮内の警護をするはずのレナルドとケビンが王都にいた理由が気になる。しかも治安がよくない十番通りだ。

王都内を巡回する第二騎士団なら理解できるが、近衛の制服のままうろつくのはおかしい。市井に住む者たちは、王都で近衛騎士の白い制服を見ることなど滅多にない。

「レナルド様、もうひとつ質問が」

「なんだ？」

アリアの手を取り、手のひらに唇を落としている。そのまま指を絡められて、ギュッと握られた。

甘い仕草に心のトキメキが落ち着かない。

ドキドキしながらレナルドが王都にいた理由を尋ねると、彼は何故か視線を彷徨わせた。

「それは……」

「それは？　……あ、言えないことでしたらいいんですよ！　特殊な任務とかありますもんね」

歯切れの悪さから言いにくいことなのだろうと察した。レナルドは仕事ではないと否定する。

――きっと事情があるのよね。無理に聞くのはやめておこう。

「また教えてほしくなったときに教えてください」

アリアは不意打ちを狙ってレナルドの唇に触れるだけのキスをした。

軽く触れた唇はいつも以上に優しくて甘かった。

◆　◆　◆

レナルドの屋敷に到着し湯浴みを終えると、時刻は深夜近くになった。いつもならもう寝ている時間だが、アリアはそわそわした気持ちでレナルドを待つ。

――もしかしたら私に気を遣って、今夜は触れてこないかもしれないけれど……私はレナルド様に触れたい。

彼が寝たいというのであればその意思を優先したいが、多分アリアは普段通りに眠れないだろう。身体は疲労していても頭が冴えている。

――せめて抱き着きながら眠れたらいいな。レナルド様に抱きしめられていたら、眠気がこなくても安心して夜を過ごせそう。

枕を抱きしめたまま寝台の上に座っていると、寝室に続く扉が開いた。

「アリア、寝ていなかったのか」

「レナルド様がいないのに眠れません」

どことなく気怠げな空気を纏っている。もしや彼はひとりで自身の欲望を発散させていたのではないか。

――私に負担をかけないために我慢しようとしたの？

その気遣いはうれしい反面、なんだか非常にムッとする。

アリアはシーツに横たわり、隣をポンポンと叩いた。

「待ちくたびれました。早く私を温めてください」

この程度のわがままならいいだろう。気恥ずかしい気持ちになりつつ、アリアはレナルドに要求した。

「すまない」と謝罪しながら、レナルドも寝台に横たわる。彼の腕がアリアの身体に巻き付くが、そのまま胸に抱き寄せただけで動きが止まった。

「……レナルド様。私に手を出す気にはなれませんか？」

グイッとレナルドの身体を押し倒す。

「アリア？　……ッ！」

仰向けになった彼に抱き着きながら、首筋にキツく吸い付いた。

——あれ、難しいわ。ちゃんと痕がつかない？

もう少し強く吸わないとだめなのだろうか。何度も同じ箇所にキスをしていると、レナルドが艶を帯びた息を吐く。

「まいった。君は本当に私の予想を超えてくる」

「え？」

「今夜は疲れているだろうから手を出さないようにと思っていたのに、やっぱり無理だな。私は愛する女性の前では紳士ではいられない」

コロン、と身体を反転させられて、今度はアリアが仰向けになった。レナルドが覆いかぶさりながら、シャツの釦を外していく。

彼の素肌を見るのははじめてではないのに、心臓がドキドキして落ち着かない。

「私を煽った覚悟はいいな？」

「も、もちろんです！」

気合いを込めて返事をする。だがきっとアリアの顔が真っ赤になっているのは気づかれているだろう。

——私からも脱いだ方がいいのかな？　でも男性が脱がせたいのかしら!?

閨《ねや》の作法というものに自信がない。勢いでレナルドと繋がりたいとねだってしまったが、アリアの知識はさほど多くはなかった。

「レナルド様、はじめてなのでうまくできるかわからないのですが」

「大丈夫だ。そんな心配はしなくていい」

「具体的にはどうしたらいいですか？　私はたくさんレナルド様に触りたいです」

好きな人には触られたいし触りたい。

気持ちの制御を止めてしまえば、坂道を転がり落ちるように感情が止まらなくなりそうだ。

「私もレナルド様を気持ちよくできますでしょうか？」

レナルドが真顔で固まった。喉奥から苦悩めいた声を漏らしている。

「やはり君は私を惑わす小悪魔だな……その発言も計算じゃないのが恐ろしい」

「え？　本心ですよ？」

ネグリジェの釦をプチンと外すと、レナルドに止められた。代わりに彼がアリアの肌を暴いていく。

「無邪気で大胆で怖い物知らずで、見ていて飽きない。次になにをするのだろうとハラハラする」

褒められているようには感じない。

釦をすべて外し、胸下のリボンを解いた。ネグリジェの裾をめくられて頭から大胆に脱がされる。

「わっ」

「君は本当に私を振り回すのが上手だ。ずっと私の手が届く範囲にいてほしい」

それはちょっと……と頭の片隅で思うが、それほど欲してもらえるのはうれしい。

レナルドの手がアリアの首から鎖骨、胸へと下がっていく。

肌を撫でられるだけで身体の神経が敏感に反応しそうだ。強弱をつけた触れ方がいやらしくて、もっと強く触れてもらいたくてたまらない。

胸のふくらみを優しく弄られる。指先でクニッと敏感な蕾を刺激されて、アリアは声を零した。

「ン、アァ……」

「ぷっくり腫れて可愛らしい。食べごろのように赤く熟れている」

彼は指で刺激を与えながら、反対の胸に吸い付いた。赤い実をジュッと吸われて、アリアの腰がビクンッと跳ねる。

「ひゃあ……ッ！」

飴玉を転がしているようだ。なにも味なんてわからないのに、レナルドはおいしそうに味わっている。

「アリア、考え事か？」

「え？　あ、ちが……アァッ」

胸の頂を強く吸われて、ぞくぞくとした震えが背筋を駆けた。下腹が収縮し、子宮の疼きが止まらない。

レナルドの手がいやらしくアリアの肌をまさぐる。円を描くように下腹に触れられると、身体の奥からとろりと蜜が零れてきた。

「ん……っ」

「素直な身体だ。愛らしくてたまらない」

じっとり濡れた布地の上から割れ目をそっと撫でられた。指先で触れられただけで、腰が跳ねそうになる。

「胸を弄られただけで濡らしてしまったのか。アリアは敏感だな」

「だ、……って、んぁ……っ！」

ピン、と胸の果実を指先で弾かれた。

痛みなど感じないほどささやかな刺激なのに、どうして声が漏れてしまうのだろう。

──なんか変……頭もぼうっとして、お腹は熱い……。

すべての刺激が快楽に変換されてしまう。レナルドの吐息すら媚薬《びやく》のようにアリアの官能を高めていく。

「可愛い。私にもっと可愛らしいところを見せて」

「……ッ！」

低音の美声が腰に響く。耳元で囁くのは反則だ。

アリアの下着はもはや役割を果たしていない。レナルドは蜜を吸って重くなった布を手早く脱がせた。

「とろとろだ。君が感じてくれた証拠だな」

「……え？　あ、待ってくださ……ひゃあんッ！」

レナルドがアリアの秘所に顔を埋め、蜜口を舐め上げた。

直接愛液を舐められた刺激にアリアは身体を震わせる。

「だ、ダメ……そんな、きたな……！」

脚をバタつかせようとするが、びくともしない。いつの間にかレナルドががっちりとアリアの太ももを抱えていた。

彼にとってはアリアのささやかな抵抗など、子猫の戯れ程度にしか感じていないだろう。

「あ、やぁ……そんな、すすっちゃ……っ」

淫靡な水音が室内に響く。

じゅるじゅると啜《すす》られる音を聞かされて、アリアは羞恥のあまり耳を塞ぎたくなった。

「アリア、耳を塞がないで。全部聞いて、私を見るんだ」

「……ッ！」

誰がアリアを気持ちよくさせているのか。その耳と目で焼き付けるようにと命じられた。

普段のレナルドはアリアに優しいが、寝台の上では甘いだけではない。嫉妬深くて意地悪で、アリアをとことん快楽の坩堝《るつぼ》に落とそうとする。

——恥ずかしいけど、嫌じゃない……。

彼の肉厚な舌で舐められるのが気持ちいい。蜜口を舌先で突かれて、敏感な突起に吸い付かれれば簡単に果ててしまいそうだ。

こんなに綺麗で高貴な人が自分に奉仕をするなんて信じられない光景だ。

直視しがたいほどいやらしくて、ドキドキしている。ずっと心臓が騒がしくて、そして下腹の疼きが止まらない。

——ああ、早くほしい。

愛する人とひとつになりたい。

アリアはそっと、レナルドの頭を撫でる。

「レナルド様……もう、切ないの」

お腹の奥を満たしてほしい。

その切実な懇願を視線だけで訴えると、彼の喉が上下に動いた。

髪をクシャリと乱し、汗で濡れた前髪をかきあげる。その姿が凄絶に色っぽい。

「たっぷり濡れているが、まだ狭い。もう少し受け入れる準備を整えないと」

「あ……っ！」

ツプリ、と指が挿入された。

濡れそぼった蜜口は難なくレナルドの指を二本飲み込んでいる。

「あぁ……指、太い……っ」

剣を握る指だ。皮膚は厚くて剣だこもある。

彼の大きな手で身体中を撫でられるのも好きだが、こうして誰にも触れさせたことのない中を弄られるとたまらない気持ちになった。

「すごい締め付けだな。食いちぎられそうだ」

レナルドが苦笑した。

淫らな水音までアリアの官能を刺激する。

「ア……ッ、そこは……っ」

「ここ?」

ひと際感じるところを擦られて、アリアは身体を震わせた。

身体中が熱くてたまらない。胎内にこもる熱を発散させたい。

「はぁ……んぅ……っ」

指を三本まで飲み込んだところで、ちゅぷっと音を奏でながら引き抜かれてしまった。

レナルドの指は透明な蜜を纏っている。指がふやけそうなほどたっぷりと。

「甘い」

「……ッ！」

手首にまで垂れ落ちる愛液を見て、アリアは声にならない悲鳴を上げた。

「アリア、覚悟はいいな？」

レナルドが下穿きを緩めた。

窮屈そうにしていたふくらみが解放される。ビキビキと血管が浮かんだ楔は、以前見たものよりも凶悪に見えた。

──あ、あれ？　なんか前よりも大きいような……？

ぼんやりとしていた頭が鈍く動くが、思い出そうとするよりも早く蜜口の中心にあてられる。

「痛かったらすまない。私の背中に爪を立てたらいい」

「え？　いや、そんなことはできな……、ンーーッ！」

グプリ、と先端が埋め込まれた。

想像以上の質量に声を失いそうになる。

──大きい……！

痛みが出ないように少しずつ動いているのがわかる。レナルドの欲望は徐々に奥へと進み、時間をかけて最奥に到達した。

「はぁ……、アァ……ッ」

コツン、と奥に当たった。

みっちりと埋められた熱杭は存在感が圧倒的だ。内臓を押し上げる感覚が苦しい。

予想していたような破瓜《はか》の痛みには襲われなかったが、それでも異物感に眉を顰めた。

「アリア、大丈夫か？」

額に貼り付いた髪をどけられた。レナルドが心配そうに顔を覗いてくる。

「はい、なんとか……」

でもまだ動かないでほしい。

「ああ、君が落ち着くまで待とう」

乱れた呼吸を整えながら、アリアはレナルドを見つめる。

――我慢させてるのかな……。

なにかに耐えるように眉根を寄せる顔も色っぽい。そんな表情を眺めているだけで、アリアは無意識に楔を締め付けた。

「……ッ！　アリア、そんなことをされたら……」

「あ、え？　ごめんなさい」

深く息を吐き出した。ギュッと彼の首に腕を回し、身体を密着させる。

「レナルド様、もう大丈夫ですから……動いていいですよ」

アリアはぺたぺたと彼の素肌に触れた。先ほどまでは余裕がなかったが、今はこうして体温を感じるのが心地いい。

　手のひらで筋肉の弾力を堪能していると、レナルドはアリアの手を握る。

「いくらでも私に触れていいが、それは後にしてもらおう。今はまだ私の番だ」

「え？　あ……、アァンッ！」

　律動を開始されて身体が揺さぶられる。

　膣壁を擦る楔がアリアの気持ちいいところを何度も擦り、強制的に快楽を味わわされた。

「ひゃあ、んぅ、……あぁっ！」

　恥骨がぶつかり肉を打つ音が室内に響く。

　同時に聞こえてくる水音はアリアの愛液から聞こえるのだろうか。

「待って、はげし……っ」

「無理だ。もう散々待った」

　両手をシーツに縫い付けられる。指を絡めた状態で、アリアはレナルドに揺さぶられ続けた。

　――ああ、なにかがきちゃう……お腹が熱い。

　胎内に燻《くすぶ》る熱が出口を求めて弾けそうだ。

　グチュグチュと響く水音と、荒い呼吸音が鼓膜を震わせる。

「アリア、愛していると言って？」

「……っ！　あい、愛してます……」

「ありがとう。ずっと傍にいてくれるね？」

「もちろん……レナルド様も、私の傍に……っ」

「ああ、二度と君から離れない」

それはさすがに比喩であってほしい。

熱に侵されたような意識の中、アリアは心の中で冷静に返す。だが口から零れるのは言葉にならない嬌声《きょうせい》だけ。

「んん……ぅ、はぁ、あぁ……ッ」

「可愛い。私のアリア……」

耳元で囁くのは反則だ。

そんな風に褒められるだけで、アリアはふたたびレナルドの雄を強く締め付けた。

「グ……ッ！」

「ん……！」

唇を塞がれたと同時に、お腹の奥にじわりとした熱が広がっていく。しっとりと汗ばんだ肌が心地いい。

――ああ、ひとつになれたんだわ……。

共同作業の営みは思っていた以上に濃厚だった。閨の知識はほとんどなかったが、きっ

とおかしな振る舞いはしていないだろう。

だが次はもう少し自分から積極的にレナルドを喜ばせたい。

そんなことを考えながら瞼を下ろす。だが、アリアの中に埋められた欲望はたった一度の吐精では萎《な》えなかった。

「すまない、アリア。もう一回付き合って」

「……え？」

心地いい疲労感に誘われるまま眠ろうとしていたが、それはアリアだけのようだ。

少し冷静さを取り戻したレナルドはアリアに微笑みかける。

「私の愛はまだまだ伝えきれていない」

身体を起こされて、繋がったままレナルドの膝に乗せられた。座ったまま抱きしめられている状況は馬車の中と同じ体勢だ。

「ああ……ふか、い……っ」

ゴリッと奥を刺激された。目の前に火花が散る。

「ああ、先ほどとは違うところに当たっているな。君の体重でより深く繋がっている」

うっとりとした声で呟かないでほしい。彼の美声は、アリアの腰に響いてしまうように聞こえる。

――一度出したら終わりじゃないなら、何度出せば終わりになるの？

アリアは恐る恐るレナルドに質問した。

「レナルド様、なんでもう元気に……？」

「私はアリアが相手なら無限にできる」

——ちょっと怖い。

それは体力の問題だろうか。身体が資本の騎士というのは皆こうなのだろうか。

「一般的には皆さん、一晩にどのくらい……？」

思わず疑問が口から飛び出てしまった。そんなことを聞いても意味がないというのに。

「さあ、どのくらいが普通なんだろうな。だが、断言しよう。騎士は皆、絶倫だ」

「……ッ！」

体力があるだけでなく精力も旺盛。アリアはレナルドにもたれかかった。

これは絶対に最初が肝心だ。

きちんと決めごとをしておかないと、朝まで抱き潰されてしまうかもしれない。

「私は騎士の皆さんとは違うので、お手柔らかに……」

「もちろんだ。たとえ気絶しても後始末は全部私に任せていい」

それはつまり気絶しても止めないということでは……。

怖い予想を抱きながら、アリアはにっこり笑うレナルドに身体を委ねる。

「大丈夫。今夜はこれで終わりにするから」

「あ……あぁンっ！」

両手で腰を掴まれて上下に揺すぶられた。

彼の胸板に乳房が擦れて、ビリビリとした痺れが背筋に駆ける。

最奥を突かれるたびに脳髄まで蕩けそうな刺激を浴びて、アリアは早くも意識を飛ばしそうになっていた。

「可愛い、アリア。私のアリア……たくさん気持ちよくなろうか」

「ア……ッ、も、おなかいっぱいです……っ」

グチュグチュに溶けて混ざり合ってひとつになっていく。

その日は怖い夢を視ることもなく、アリアは泥のようにレナルドの胸の中で意識を落としたのだった。

第七章

事情聴取後、アリアは半月ぶりに伯爵家に戻ることになった。不在にしていた期間はひと月にも満たないのに、随分久しぶりに感じた。

アリアは真っ先に当主である父に、長期間の不在について謝罪した。

彼は一言「怪我はなかったか」とアリアを労り、そして言いにくそうにレナルドとの婚約について尋ねた。

「レイヴンズクロフト公爵家との婚約は結ばれたと聞いているが……無理強いはされなかったか」

「はい？」

「娘が希望する通りにと伝えたが、そのせいで負担をかけたんじゃないかと反省した。本来なら私が直接君の意思を確認するべきだったと。君が私たちに遠慮をしていることは知っている。家のために縁談を受けるべきだと思ったのなら、今からでも私は婚約の解消を申し出るが……」

「そうですよ、アリア。伯爵家が格上の公爵家との縁談を断れないと思っているのなら、私たちがどうにかするわ。家のためにあなたが我慢することはないの」

伯爵夫人にまで庇われて、アリアは戸惑った。

——とんでもない勘違いをされてる！

そんな風に思ってくれていたのはありがたいが、決して無理強いはされていない。

「いいえ、無理強いなどではないのでお気持ちだけで……」

「あなたは私たちにわがままをひとつも言わないから心配していたのですよ。本当は好きな殿方がいるのではなくて？　時々王都にまでお遣いに出かけるのは、その方との逢瀬《おうせ》なのでしょう？」

「ええ⁉」

何故だろう。夫人の目がキラキラしているように見える。

これまでアリアは伯爵夫妻とは必要最低限の会話しかしてこなかった。忙しい人たちの時間を奪うことに躊躇いがあったのと、なにを話したらいいかわからなかったから。

だがアリアが気づいていなかっただけで、彼らはアリアと歩み寄りたいと思っていたのかもしれない。いつも礼儀に厳しい夫人も、今は少女のように興奮している。

「なに？　恋人がいたのか？　どこの馬の骨だ！」

「あなた、落ち着いて。アリアだって年頃なのですよ。恋人のふたりや三人くらいいてもおかしくありません」

「いませんからね？　というか多いです！」

「いいんだ、嘘をつく必要はない。私たちはアリアの味方だ」

そう宣言されるがなかなかアリアの言葉は信じてもらえない。しまいには結婚を約束した架空の恋人がいることで決まりそうになってしまった。

──なにを言っても遠慮しているって誤解されてしまう！

「だから違うんです！　私が愛しているのはレナルド様なんです！」

アリアは父親と継母の前で愛を告白する羽目になった。

彼らは驚いたようにアリアに視線を向ける。

「つまり……本当にレナルド・レイヴンズクロフトと恋仲だと？」

「まあ……！　まあああ～！」

──い、言ってしまった……！

こんなに大声ではっきりと、好きな人の名前を告げるとは思わなかった。アリアの全身から汗が噴き出しそうになる。

「一体いつ知り合ったと言うんだ」

「あら、あなた。それはアリアが近衛に保護されたときでしょう？」

「はい、その通りです」

簡単にふたりの出会いから婚約までを話すと、伯爵夫人は頬を染めながら前のめりで耳を傾けて、伯爵は今にも泣きそうな顔になっていた。

「あの、お父様？　どこか具合が……？」

「パパ。私はずっと娘にはパパと呼ばれたかった」

「え？　パパ？」

初耳だ。そんなことをねだられたことはない。

「それなら私だって！　本当は娘ができてうれしかったわ。うちには息子しかいないんですもの」

一緒に買い物や、好きな人ができたら相談してほしかったと言われ、アリアは驚いた。礼儀作法に厳しいと思っていたが、こんなにも愛情深い人だとは思わなかったのだ。

「なのにいつの間にか公爵家の嫡男と婚約しているし、私だけ奥様呼びよ？　ずっと他人行儀だなんてひどいわ！」

「すみません、失礼かと思ったんです。私にはそんな風に呼ばれたくないのではと」

伯爵が結婚前に交際していたのがアリアの母だ。結婚後、しばらくしてから夫の娘が現れたら複雑な心境だろうと思ったのだ。

「あなたが母と呼ぶのは実の母だけでしょうけれど、私にだってほんの少しは権利があると思うのよ」

たとえ血が繋がっていなくても母親としての愛情はあるのだと言われ、アリアの心に響いた。

——頑なだったのは私の方かもしれない。

互いに距離感を図りながら八年間様子見をしていたのだろう。いささか長すぎる期間だが、新しくできた家族の距離というのは簡単には縮まらない。

「私にとってのお母さんは亡くなった母だけですが……奥様のことは、お母様とお呼びしてもよろしいでしょうか」

「……ええ、よろしくってよ！」

「よかったな、ブリジット。それでアリア、私のことは」

「これまで通りお父様とお呼びさせていただきますね」

ひとりだけパパというのはおかしかろう。

どことなくしょんぼりと肩を落とす父を見て、アリアははじめて継母と一緒に笑ったのだった。

伯爵家に戻ってから一週間が経過した。

しばらくのんびり過ごしていたらいいと言われたが、ずっとレナルドの顔を見ていないと落ち着かなくなってくる。

——私には目の届くところにいてほしいと言っていたのに、レナルド様の方こそ大丈夫なのかしら。

同時に彼の悪癖を思い出す。仕事が忙しいあまり寝食を忘れて、周囲に迷惑をかけていないだろうか。

アリアと一緒に暮らしていたときは一日三食を忘れずに食べていた。時間も決めて定時で仕事を切り上げて、アリアの腹が空かないようにと管理をしてくれていたのだが……今、その役目は誰が引き継いでいるのだろう。

「オリヴァー様かケビン様か……でも皆さんもしばらく忙しそうだわ」

一昨日の新聞には犯罪組織の摘発が堂々と一面を飾っていた。

王都の女性を数名誘拐した件については、アリアが巻き込まれたことは伏せられた。

レナルドの婚約者として社交界で注目を浴びている中、犯罪組織に狙われたという事実はアリアの評判を落としかねない。アリアの身は無事だったが、実は暴行を受けていたのではないかというデタラメを噂されて傷つくのはアリア本人だ。

——火消しは得意だと言っていたけれど本当だったのね。婚約者が騎士団にいるというのは心強いかも。

犯罪組織に関わっていたのは、国内でも二番目に大きな貿易港を領土に持つ男爵家だった。

大きな港は貿易の拠点として使われており、密輸品がないか厳しい検査が行われる。密輸が行われるのは検査が厳しく頻繁に船が出入りする港よりも、地方の小さな港が多いという偏見を逆手に取り、堂々と麻薬を密輸していたのだとか。

「衣類に麻薬をしみ込ませて、乾燥させてふたたび採取していたなんて信じられない労力だけれど、これからもっと取り締まりが厳しくなるわね」

麻薬の種まで持ち込まれていたのは危険すぎる。使われていない修道院で麻薬を栽培など、大胆不敵とも言えるが。

捕まった男爵は王宮でアリアを助けるふりをした男だった。犯罪組織の大元らしいが、叩けばもっと埃が出るかもしれない。

アリアに飴を渡した図書館の司書も男爵の子飼いということが判明した。平穏を取り戻すにはしばらく時間がかかりそうだ。

「これで王都の治安ももっとよくなるといいけれど。薄暗い十番通りも再開発したらいいんじゃないかしら」

入り組んだ道に落書きが描かれた壁と無人の建物。隠れ家として使い勝手がいい場所など、いかにも犯罪の巣窟《そうくつ》になりそうだ。徹底的に綺麗にしてしまえば治安は改善されるだろう。

コンコン、と自室の扉が叩かれた。

屋敷のメイドがアリア宛ての手紙を持ってきた。

「先ほど近衛騎士団のケビン様より、お嬢様宛ての手紙が届けられました」

「ありがとう」

受け取ったのは二通だ。

レナルドからの手紙が一通。これは毎日届く定期報告のようなものである。

「もう一通は、オリヴァー様？」

オリヴァーから来るのは珍しい。

アリアは先にレナルドの手紙に目を通してから、オリヴァーの手紙の封を開けた。

『団長が食事もとらずに仕事ばっかりしているので、アリアちゃん戻ってきて』

「ええ……」

もしかして？　と思っていたことが現実になっていたようだ。

恐らくレナルドは、仕事を終わらせたらそれだけ早くアリアと会えると思っているのだろう。

――寝食を疎かにしてはダメだとあれほど言っていたのに、忙しいときこそ監視が必要みたいだわ。

きっとあまり寝てもいないはずだ。朝早くから仕事を開始し、夜遅くに帰宅しているのが目に浮かぶ。

「身体が資本なのだから、無理をしてもらっては困るわ」

そう言いつつもアリアの口許は少しにやけてしまう。

普段は完璧な騎士団長なのに、欠点もあるところが愛おしい。

突然会いに行ったら、彼はどんな顔を見せてくれるだろう？

「料理長にレナルド様の好物を作ってもらおう！」

ついでに二、三日外泊の許可を得よう。

もしかしたら父は渋るかもしれないが、婚約者の一大事かつ副団長からの応援依頼が来ていることを告げたら頷いてくれるはずだ。

アリアは早速荷物をまとめて、レナルドの好きなミートパイと共に騎士団の詰所に赴いた。

◆　◆　◆

秋空が広がる晴天の日に、アリアとレナルドの結婚式が執り行われることになった。

婚約してから半年未満の結婚はアリアの懐妊が原因では？　と噂されたが、あいにくふたりの元にまだ天使は授かっていない。

「やっぱり結婚は急ぎすぎたのでは……」

大聖堂の控室にて、アリアは姿見の前で独り言を呟いた。

ここは王侯貴族の結婚式に使用する大聖堂だ。通常は半年から一年前に使用許可を得なければ使えないはずが、たったの三か月で許可が下りてしまった。一体どういうことなのか、アリアにはさっぱりわからない。

出会ってから約五か月で結婚にまで至る貴族は珍しいだろう。

純白の婚礼衣装はアリアの身体にぴったり馴染んでいる。この衣装の仕上がりに合わせて、レナルドは大聖堂の使用許可を取ったらしい。

「アリア、入るぞ」

「っ！　レナルド様」

髪をきっちりセットしたレナルドは、大聖堂に飾られている宗教画のように神々《こうごう》しい。息を呑む美しさとはきっと彼のことを言うのだろう。

「すごくかっこいいです！　いつも以上に美人です！」

「ありがとう。だが普段から私は美人だと思われていたのか」

「レナルド様はかっこよくて美人で可愛い人ですからね」

彼の可愛さを知っているのは自分だけで十分だ。他の人に魅力を教えるつもりはない。

「可愛いという形容詞は君のためにあると思うんだが？　いつもは可愛くてお転婆《てんば》だが、今日の君は美しいな」

正面からじっと見つめられると顔に汗が浮かびそうだ。

レナルドの視線は甘く蕩けており、見つめているだけでアリアの体温を上昇させる。

「私は幸せ者だ。今日から君の夫を名乗れるのだから」

手の甲にキスを落とされた。跪《ひざまず》いてキスをするなど、物語に出てくる騎士のようだ。

――わああ……！　反則だわ！

こんなことをされたら心臓が忙しくなってしまう。

身体を重ねたこともあるのに、アリアはレナルドの紳士的な振る舞いに弱いのだ。乙女の憧れとも言えるかもしれない。

「……本当は、着飾った君を誰にも見せたくないんだが」

「ええ？　そうなんですか？　でも私はレナルド様をたくさんの人に見てもらいたいですよ」

「何故？」

「だってすごく素敵でしょう？　って、自慢したいですもの！　こんなにかっこいい人が私の旦那様になるんです！　って。それで、レナルド様の隣を歩いていても恥ずかしくないように着飾った私を見て、愛人候補に名乗り出るのは無理だと戦意喪失してもらいたいので」

「戦意喪失って……あはは！　そんなことを心配していたのか」

「笑いごとじゃないですよ！　かっこよすぎる旦那様を持ったら大変だって言われていますから」

レナルドが浮気をするとは思っていないが、彼を狙う女性は尽きないだろう。永遠に相思相愛でいられるように、アリアも努力を続けないといけない。

「不安になるのは君だけじゃない。私だって、可愛すぎる婚約者が他の男に狙われないかと心配でたまらなかった。一日も早く結婚しなくてはいけないと思っていた」

そっと頬を撫でられる。

優しい手つきが気持ちよくて、アリアはスリッと彼の手に頬を寄せた。

「ここにキスしても？」

赤く色づく唇に触れる許可を求められる。

頷きたくなるのを堪えて、アリアは「ダメです」と拒絶した。

「お化粧が移ってしまうので……レナルド様の唇が赤くなっていたら恥ずかしいでしょう？」

「いいや？　仲がいいところを見せつけられていいと思うが」

「どっちが花嫁かわからないと思われても？　レナルド様、首から上だけを見たら女性に間違われることもあるでしょう？」

随分な言いようだが、彼の中性的な美貌は女性でも通用するのだ。紅を塗らせたら、そ

れこそ性別がわからなくなりそう。

「十代の頃は。さすがに二十代に入ってから性別を間違われたことはない」

クスリと笑う表情が柔らかい。

出会った頃は、彼の豊かな表情を見るだけでドキドキしていた。

──うう、今もドキドキしているけれど！

真顔のときも笑った顔も、寝顔だって好きだ。知らない顔をたくさん見せてほしい。

アリアは小さな笑いを零す。

彼の首に腕を回し、背伸びをして触れるだけのキスをした。

「花嫁からのキスなんて貴重ですよ？　旦那様」

悪戯が成功したように片目をつぶる。

「……はは、まいった。私の花嫁がかっこいいとは」

「ときには意外性も大事ですからね」

いつも通りではつまらない。普段とは違うことを楽しむ余裕を与えたい。

「誓いのキスは触れるだけで我慢するが……今夜が楽しみだな？」

式の前に初夜を仄めかされて、アリアの顔は瞬時に赤くなった。


滞りなく式を終えて、その晩披露宴が行われた。

主役のふたりがファーストダンスを披露し、王妃から祝福の拍手喝采を浴びた。

「改めて、ご結婚おめでとうございます。団長、アリアさん」

「ありがとうございます、オリヴァー様」

近衛の騎士服を着た団員たちが集まると圧巻だ。見目麗《うるわ》しいエリート騎士の姿はとても目立つ。未婚の令嬢たちの視線が熱い。

「アリアさんも事務員として採用されることになったのですよね。これからも一緒に働けますね」

「ありがとうございます、ケビン様。先日正式に採用されることになりました。正直、採用試験はギリギリかもと思ったのですが、皆さんのおかげでなんとか……」

レナルドの顔に泥を塗ることなく合格できてよかった。

第二騎士団、第三騎士団には女性の事務員もいるが、近衛という特殊な第一騎士団には事務員がいない。主に従騎士が兼任することが多いそうだ。

王族とも接触する機会があるため、機密情報の取り扱いの観点からなかなか採用できないらしい。

「アリアは努力家だからな。それに私とオリヴァーが試験の対策をしたんだ。受からないはずがない」

「まあ、それはそうなのですが……ちょっとズルをしている気にもなりますね」

レナルドたちが試験に関わっているわけではないが、騎士の身内という点が大きく評価されたのは言うまでもない。

来月からはレナルドと公私を共にする。以前のように一緒に働くのだと思うと、今からワクワクする。

「君と働けるのも楽しみだな」

「はい！　よろしくお願いしますね」

大好きな人と四六時中一緒にいられる幸せを噛みしめて、アリアはレナルドと祝杯のグラスを交わした。

◆
◆
◆

ほろ酔い気分のまま湯浴みを終えて、レナルドが待つ寝室に向かった。いつもより生地が薄く露出度の高いネグリジェの上にガウンを羽織っている。

扉を開けると、さっぱりしたレナルドが待っていた。花婿の盛装姿も素敵だったが、汗を流した後の彼も無防備な色香を放っていて色っぽい。

「アリア、まだ顔が赤いようだが逆上《のぼ》せたか？」

「いいえ、ちょっと足元がふわふわしているだけです」

水が入ったグラスを渡された。冷たい水を飲むと頭がすっきりする。だがまだ酔いが完全に消えるほどではない。

――ああ、レナルド様かっこいいなぁ……どの角度から見ても隙がないほどかっこいいってすごくない？　どういうこと？

彼に装飾品などは不要だ。素のままで十分素敵なのだから。

簡素なシャツ姿を見ているだけでドキドキしてくる。首筋から鎖骨にかけて、肌がチラリと見えるのがなんともそそられる。

だがあと二、三個、釦を外してほしい。彼の腹筋に陰影がくっきり浮かぶとまた扇情的でたまらない……。

――手を伸ばせば届く距離なのにもどかしい。

早くくっつきたい。たくさん触れて体温を分かち合って、イチャイチャしたい。

ムクムクと、心の奥底に秘めていた欲望が膨れ上がる。

「アリア？　大丈夫か？」

顔を覗き込まれた瞬間、アリアはレナルドの唇を奪った。

「……ッ！」

突然の攻撃に驚きが伝わってくるが、レナルドはすぐにアリアのキスに応じた。背中に腕を回されて密着した状態で、触れるだけでは物足りないキスを交わす。

「積極的でうれしい。君も私を求めてくれていたんだな」

唾液で濡れた唇をぺろりと舐められる。

その仕草だけで、アリアのお腹がズクンと疼いた。

「レナルド様……」

顔を寄せて首元にすり寄る。無防備な鎖骨にキスをすると、レナルドの身体が僅かに震えた。

「アリア……あまり煽りすぎない方がいい」

頭上から熱を帯びた吐息を落とされる。

身体を抱き上げられて、あっという間に寝台に運ばれた。

「こんな色っぽいネグリジェを纏っていたのか。私に見せるために」

ガウンを脱がされ、薄手のネグリジェがレナルドの視線に晒される。胸元は白いレースで隠れているが、ツンと主張する胸の頂は簡単に暴かれた。

「ン……ッ」

「いやらしくて可愛すぎる」

クリクリと胸を刺激される。ムズムズした感覚を逃すために身体をひねり、片膝を立てた。

ネグリジェが大胆にめくれ上がり、白い太ももがレナルドの劣情を刺激した。

「柔らかくてたまらないな」

太ももに触れる手つきがねちっこい。肉感的な柔らかさを堪能しているようだ。

レナルドの大きな手で撫でられるだけで、アリアの官能が呼び起こされる。身体の奥から熱が湧き上がりそうだ。

――そんなに太ももが気に入ったのかな。

膝に抱き着くような真似はされたことないが、今度膝枕を提案したら喜んでくれるかもしれない。

「……レナルド様の好きにしていいんですよ？」

ネグリジェの裾をめくりながら誘惑すると、レナルドの目の奥が揺らいだ。咄嗟に手のひらで顔を隠しているが、堪えきれない欲情が指の隙間から垣間《かいま》見える。

「一体誰が君に仕込んだんだ」

「それはレナルド様ですね？」

肌を重ねたのは一度きりだが、隙あらばイチャイチャしていた。最後までしなくても互いの気持ちいい箇所は把握している。

「そんな風に私を誘惑するなんて……悪い子だ」

「淫らな私は嫌いですか？」

「好きすぎて困る。私の愛が暴走しそうだ」

職場では常に冷静沈着なレナルドの暴走した姿は見てみたいと思いつつ、重すぎる愛情に押しつぶされないか心配にもなった。

——たっぷり愛されたいし愛したい。

その気持ちに偽りはないが、体力の差だけが心配だ。

レナルドは勢いよくシャツを脱いだ。窮屈そうに盛り上がる下半身を見て、アリアの心臓がドキッと跳ねる。

彼が自分に欲情してくれるのがうれしい。こんな風に求められるのは自分だけがいい。

独占欲を実感しながら、アリアはそっとレナルドの肌に触れた。

指先で筋肉をなぞると、彼は笑いながら身をよじる。

「アリア、くすぐったい。触れるならもっとちゃんと……」

手のひらを心臓の上に押し当てられた。

ドクドクと鼓動の速さが手のひらから伝わってくる。

「レナルド様の心臓が私と同じくらい速いです」

彼の手を自分の胸に押し付けた。同じ気持ちなのだと実感するだけで奇妙な連帯感が生まれる。

「ああ、本当だ。君の鼓動もとても速い。興奮と緊張が混ざり合っている」

ネグリジェの裾に手を入れられた。お腹の上を撫でられると、アリアの下着がじわりと濡れてくる。

「ンン……ッ」

「くすぐったい？」

「ちが……奥が、切なくて……もっと触って？」

レナルドにもっと直接触れられたい。もどかしくてじれったい気持ちが口を動かし、彼を誘う。

「……君をたっぷり焦らしてから可愛がりたかったんだが、私の方が我慢が利かないようだ」

両腰で結んでいた下着の紐が解かれた。白いレースでできたそれはほとんど蜜を吸い込まず、レナルドが少し触れただけでしとどに濡れていることがわかる。

「こんなに濡らしていたなんて、指がすんなり入ったぞ」

「んぅ……っ」

二本の指を難なく飲み込んだ。とっくにぬかるんでいたそこはレナルドの訪れを待ち望んでいたかのよう。

「あぁ……そこ……ンッ」

入口を浅くトントンと刺激されると、身体の奥からさらに蜜が分泌される。気持ちよさに上体をねじるが、胎内に蓄積された熱は逃しきれない。

「すごい締め付けだ。アリアのここはほしがりだな」

本能が逃がしたくないと言っているようだ。

もっと奥へと誘うようにレナルドの指を締め付ける。

「一度達しておいた方がいいだろう」

「ひぁ……ッ！　あ、ダメ、そこは……！」

親指で花芽をグリッと刺激された。

「ンアァ……ッ！」

強制的に熱を発散させられる。出口を求めてさまよっていた熱がはじけ飛び、アリアの身体は高みへと昇らされた。

「あ……はぁ……っ」

呼吸が荒い。四肢がシーツに沈み、頭もぼんやりする。

軽く絶頂した身体は刺激に敏感だ。レナルドの指が中から出ていくだけで、ビクッと腰が跳ねる。

「可愛い……可愛すぎて全部喰《く》らいたくなる」

「ん……っ」

中途半端に脱がされたネグリジェの胸元から手を差し込まれた。胸にキスを落とされ、赤く熟れた頂を舐められる。

「あぁ……っ」

胸を弄られながら太ももを撫でられる。グチュグチュと響く卑猥な水音がどこから奏でられるのかもわからない。

ネグリジェを剝ぎ取られた。互いに一糸まとわぬ姿になる。

蜜口に添えられた熱い塊に意識が向いた直後、ググッと中に押し込められた。

「アァァ……ンッ！」

「アリア……」

甘い嬌声はレナルドの口の中に吸い込まれた。密着するすべての場所が熱くてクラクラする。

彼の欲望を受け入れるのは二度目だが、前回のような苦しさは軽減されていた。内臓を押し上げる圧迫感はあるものの、異物感に眉を顰めることはない。

「んぅ……っ」

コツンと最奥に到達した。

密着しているだけで心臓がドキドキとうるさい。耳元で脈が聞こえてくるようだ。

アリアの目に生理的な涙が浮かぶ。なにもかもが甘くて満たされていく。

「大丈夫か」

そっと顔を覗かれた。頬に伝う涙を拭われる。

「うん……うれしくて。レナルド様が私の中にいてくれて」

そっと彼の手を下腹に触れさせた。

中と外から彼の存在を確かめられることがたまらない気持ちにさせる。

「また君はそんな可愛いことを……」

レナルドの目元が赤く染まる。

ドクン、と彼の楔が一回り大きくなった。

その変化を感じ、ぼんやりしていた頭が少しだけ冷静さを取り戻す。

「え……なんで大きく」

「仕方がないだろう。私がどれだけ我慢していると思っているんだ。それに数か月、君の中に入っていない」

結婚式の日取りが決まるまで、最後まで繋がることは避けていた。予定外の妊娠をしないために。

だが最後まで繋がらなくとも、互いの欲は発散していたはず。レナルドとは何度も甘い夜を過ごしていたのだが……。

――あれじゃ足りてなかったってこと？

「ヒャア、ンッ！　あ、待って……っ」

「無理だ。もう待てない」

パチュン！　と水音が響いた。

脚を大きく開かされてレナルドの肘にかけられる。

隙間を埋めるように激しく最奥を穿《うが》たれて、アリアは断続的な嬌声を上げた。

「あ、アァ、ン……ッ、はぁ、ン……ッ！」

振動に合わせて胸が揺れる。

豊かな胸がプルンと弾む姿をレナルドが瞬きもせずに見入っているが、アリアは自分のことで精一杯だ。

──荒波に流されてしまいそう……！

「はう、ん……っ！」

酸素を求めていた口もレナルドに塞がれた。

顔を固定されて口内を貪《むさぼ》られ、下肢からは絶え間なく卑猥な音が響いている。

──く、くらくらする……！

糖蜜を飲まされているような心地だ。

上も下もレナルドと繋がっていて逃げ場がない。

「レナ、ルドさ、ま……」

はふはふと荒く呼吸をするも、うまく酸素が吸えていない。唇の端からは唾液が零れ落ちて、ぼんやりとした思考のままレナルドを眺めるだけ。

「君の頭も心もすべて私だけに染めてしまいたい」

アリアのすべてを独占したい。

重すぎる感情が何故か心地よくアリアの心にしみていく。

「私、も……」

――他の人を見ないでほしい。

声にならない願いを告げると、レナルドの律動が速まった。

指を絡めて、両手をシーツに縫い付けられる。

抱きしめられるように覆いかぶさられたまま、アリアはレナルドに中へ精を放たれた。

「ク……ッ」

「あぁ……っ」

じわりとしたものが広がっていく。心の奥まで満たされるようだ。

レナルドはアリアを抱きしめたままごろりと反転した。

「……え？」

彼の上に寝転がる。

汗ばんだ肌はしっとりとしている。筋肉も弾力があってずっと触っていたくなるが、このままでは重いだろう。

「あの、体重をかけていたらレナルド様が重いのでは……」

「いいや？　アリアが私の上に乗っかっているなんて絶景すぎてたまらない」

胸板にアリアの胸が押しつぶされている。その光景のことを言っているのだろうか。

——でも、少し動いただけでまだ中のレナルド様が……！

一度吐き出しただけでは終わりではないようだ。

すでに彼の雄は復活している。アリアの空洞を隙間なく埋めていた。

「アリア、君が好きに動いていい」

「え？」

「私に触れたかったのだろう？」

悪戯めいた笑みを見せられた。

——この美しい人を私の好きにできるなんて……どういうご褒美？

隙あらばレナルドに触れたくなる。彼に抱き着いてキスをして、逞しい胸板に顔を擂《す》り寄せたい。

だがそれらはあくまでも一般常識の中での話で、夜の営みの主導権を握りたいとまでは思っていなかった。

——初夜の二回戦で私の好きにしていいと言われるとは……！

一度欲望を解放したレナルドは少し余裕ができたようだ。

アリアは彼の首筋をそっと撫でた。そのまま鎖骨から胸へと手を動かしていき、レナルドの胸の蕾をキュッと摘む。

「……ッ」

ぴくっと身体が反応した。眉根を寄せる顔がたまらなく色っぽい。

「レナルド様も胸を触られるのは好きですか？」

「さあ……どうだろうな。君ほどではないかもしれない」

「男性は感じないのでしょうか。胸筋を揉まれる方がいいのかな」

弾力のある胸を手で揉みながら、チュッと首筋に吸い付いた。赤い鬱血痕《うっけつ》を見ると、なんだか所有の証をつけたように思えてくる。

レナルドの額、頬、耳にも口づけを落とし、耳朶を甘く食んだ途端、彼は勢いよく起き上がった。

「ダメだ、もう無理。これ以上は我慢できない」

「え、ええ？　……あ、ちょっ……っ！」

耳は性感帯だったようだ。

知らずに煽っていたのだと知るが、最初に主導権を与えたのはレナルドだ。

正面からギュッと身体を抱きしめられたまま上下に揺すぶられた。太く逞しい雄を奥深く飲み込むと、頭の奥が真っ白に染まっていく。

「アア……ッ、待って……」

「アリアの耳は小さいな」

耳元で囁かれた直後、耳の穴を舐められた。

「ンンーっ！」

ざわざわした震えが背筋を駆ける。

その間も中の雄を強く締め付けて、本能的に吐精を促した。

「……ッ、先ほどよりは余裕があると思ったが、君と繋がっているだけで私の理性など紙切れ同然だ」

「そんな……鋼の理性も大事ですよ？」

「いいや、不要だな。いっそなくなってしまえばいい」

理性がなくなったら大変なことになってしまう。

「ここを溢れるほど満たしたい」

下腹をさすられて、アリアの身体はビクンと震えた。溢れるほど出されたら、自分の理性は一体どうなってしまうのだろう。

「お、お手柔らかに……！」

「すまない、もう遅い」

不穏な台詞とともに精が吐き出された。

「アァ——……ッ！」

びくびくと震える身体をギュッと抱きしめられる。

——気持ちいい……けど、これから毎晩なの……？

瞼が重い。このまま意識を手放したい。

身体はふたたび仰向けに寝かせられた。すぐにアリアの中でふたたびムクムクと元気になるレナルドの欲望に気づく。

「え……」

「アリア、初夜はまだ終わっていない。これからが本番だ」

キラキラした眩しい笑顔に悲鳴を上げた。

「ええ……！」

——これからが本番って嘘でしょう！

身体に一切力が入らなくなるまで貪られ続けて、現役の騎士団長との体力の差を思い知ったのだった。

エピローグ

アリアとレナルドが結婚式を挙げてからひと月後。ふたりは王妃のお茶会に呼ばれていた。レナルドは職務中だと辞退するが、半ば強制的に同席させられている。

「ふふふ、甥っ子の次はね、私の三男の恋の行方を占おうかと思って」

王妃は優雅にお茶を楽しみながら占いをはじめた。彼女の趣味が占いというのは風の噂で聞いていたが、それを目の当たりにするのははじめてだ。

「甥っ子の次……？　レナルド様も占ってもらったことがあるのですか？」

「ああ……まあ」

歯切れの悪い返答に首を傾げる。一体なにを占ってもらったというのだろう。

「あら、まさかまだ聞いていなかったの？」

「なにをでしょうか」

占い内容と結果はアリアにも関係することなのだろうか。

好奇心が刺激された。一体どんなことを言われたのかワクワクした眼差しでレナルドを見つめていると、珍しくそっと視線を逸らされた。

「なにか言いにくいことですか？」

「いや、そういうわけではないんだが」

ごにょごにょと濁そうとするも、王妃がにこやかにネタ晴らしをする。

「ねえ、アリア。どうして近衛の騎士団長が王都を巡回していたか気にならない？」

「私と出会ったとき、レナルド様はケビン様と十番通りの橋にいましたよね。職務中なのだと思っていましたが、妙だなとも感じていました」

王都の治安を守るのは第二騎士団の仕事である。

なにか極秘の任務中だったのかとも思ったが、話の流れからそういうわけではなさそうだ。

アリアはじっとレナルドを見つめていると、彼は観念したように口を開いた。

「占いに従ったんだ。橋の下で運命の相手に出会えると言われてな」

「運命の相手に出会える……って、え？　まさか私との出会いは王妃様の占いの結果だったんですか⁉」

王妃は堪えきれないようにクスクスと笑いだした。

アリアの中で疑問に思っていたことが腑《ふ》に落ちる。

——だから王妃様は最初から私のことを知っていたんだわ！

アリアに向かってなにやら含みのある言い方をしていた。楽し気に笑っていたのは占いの結果を知っていたからか。

「どういう占いだったのでしょうか。もう少し詳細を教えていただいても?」

「ええ、もちろんよ！　私はね、夕暮れ時に橋から天使が落ちてくるって伝えたの。まさにその通りになったわね?　レナルド」

「そうですね。天使を射止めたのは私自身の努力の結果ですが」

「きっかけを与えたのは私よ！」

ふたりの会話に耳を傾けながら、アリアは首を傾げる。

——天使とは一体……?

「まさか私のことを天使だなんて思っていませんよね?」

ただカラスを追って迷子になっていただけで、天使だなんて思われるのは恥ずかしい。

「さあ。だが唯一無二の存在だとは思っているぞ」

「ン……っ」

すかさずアリアの好物のクッキーを食べさせられた。彼は完璧にアリアの好みを把握している。

「これも好きだろう。アリアの好物を用意してもらったんだ」

蕩けるような笑みを見せられながら次から次に菓子を食べさせられて、アリアはもぐもぐと咀嚼《そしゃく》した。

「じゃあ、あのときのカラスは女神の使い魔だったのかもしれませんね」

恋の悪戯を仕掛けた犯人が誰なのかはわからない。

だが結果として、ふたりが出会えて結ばれたのだから、終わり良ければすべて良しだ。

「この場に三男坊を呼び寄せておけばよかったわ。新婚夫婦にあてられて、婚約者探しを真剣に考えるかもしれないもの」

やれやれ、と言いたげに王妃がカードをめくる。

「あらあら」

どことなく楽しそうに笑った王妃を見て、アリアは顔を知らない第三王子の春の到来を予感したのだった。

あとがき

こんにちは、月城《つきしろ》うさぎです。

『過保護な騎士団長は初恋令嬢を愛でて愛でて愛でまくりたい』をお読みいただきありがとうございました。

今作でなんと、ヴァニラ文庫様の刊行物は十冊目になりました。同じレーベルで十冊も刊行できたのははじめてかもしれません。

ここまで書き続けられたのも読者の皆様のおかげです。いつもありがとうございます！

脚フェチ、匂いフェチ、背中フェチ……と、一途で執着心の強い多種多様な変態ヒーローを書いてきましたが、ひとりでもお気に召すヒーローが見つかったらうれしいです。

今作の過保護な騎士団長は比較的まともな性癖の持ち主だと思ってます。ですが今後どのような癖を開花させるかはわかりません。ポテンシャルは秘めてそうなので。

今まで恋愛に興味もなかった男が結婚したらどのように暴走するのか……新婚生活は糖度たっぷりなのは確実だと思います。

あ、もちろん？　レナルドのはじめてはアリアです。アリアがそのことに気づくのは結婚してからしばらく経った頃かもしれません。

アリアのそそっかしさも結婚後には落ち着くと思いますのでご心配なく。

方向音痴は治らないと思いますが、騎士団で滞りなく仕事のお手伝いはできるようになります（多分）。

カバーイラストを担当してくださった氷堂《ひどう》れん様、セクシーなレナルドと可愛らしいアリアをありがとうございました！　これはアリアに一目惚れしても仕方ない可愛さだと悶えてました。ふたりともイメージぴったりです！

担当編集者のH様、今回も大変お世話になりました！　いつもありがとうございます。

校正様、デザイナー様、書店様、営業様、そして読者の皆様、ありがとうございました。楽しんでいただけたらうれしいです。

過保護な騎士団長は初恋令嬢を
愛でて愛でて愛でまくりたい Vanilla文庫

2025年1月20日　第1刷発行　定価はカバーに表示してあります

著　者　月城うさぎ　©USAGI TSUKISHIRO 2025
装　画　氷堂れん
発行人　鈴木幸辰
発行所　株式会社ハーパーコリンズ・ジャパン
東京都千代田区大手町1-5-1
電話　04-2951-2000（営業）
0570-008091（読者サービス係）
印刷・製本　中央精版印刷株式会社

Printed in Japan ©K.K. HarperCollins Japan 2025 ISBN978-4-596-72227-0